青春の残照は消えず

自選放送ドラマ集

目次

装丁　明賀道晴

発刊に寄せて

『夢の時代』

南海放送（ラジオ南海）の歴史は昭和二十八年（一九五三）の開局に始まります。〝自前の報道〟と〝ラジオドラマの自社制作〟を社是に八十五名の大所帯でスタートしました。ラジオがまだ一部にしか普及していなかった頃、健気に理想を追いかけたわけです。現在のラジオ単営社の社員規模は、総じて二十人程度が一般的ですから、その無謀さ、素敵さが分かると思います。

草創期のオリジナルラジオドラマ。こんな田舎なのに脚本担当には高橋光子さん、小田武雄さんといったのちの芥川賞候補になった作家のお名前も残っています。そしてその後現れたのが子規記念博物館の館長にもなられた天野祐吉さんでした。

二〇〇六年に弊社が道後から創業の地・本町に移転する時に、当時のラジオディレクターだった平岡英先輩からラジオドラマの脚本集を数冊手渡されました。テレビにしか目が向いていなかった時代が長かったですから、個人で保存されていたようです。

私は入社以来ラジオドラマを一人で創り続けていたので、この「宝物」を託してくださったのだと思いました。その脚本集の中には勿論戒田順さんの作品もありじっくり読ませてもらいました。

当時の役員から「その戒田さんは経済同友会で活躍されているよ」と聴いたことがあったのですが、いざ自分が会員になって初めて愛媛経済同友会でご一緒した時、出席名簿に戒田商事の戒田順というお名前を見たのに当のご本人と気づかずにいました。

経営者の集まりのイメージとラジオドラマの世界は、あまりにもかけ離れたものだと思っていたからかもしれません。

ただ会議で鋭い発言をされているのににこやかな笑顔でいらして、その奥の深さが「もしや……」と思い、会議の後「南海放送劇団で書き手をされていた戒田順さんですか」とお声がけした訳です。「ああ、そんなこともしてましたっけね。お恥ずかしい話です」と……僕にとっては天野祐吉さんと並ぶ偉大な大先輩はそう照れてらっしゃいました。

生前の天野祐吉さんから「あの頃のラジオドラマ制作の熱気は明治維新の時もこうだったろうと思うくらい凄かったよ」と聴かされていました。

そんな「夢の時代」を一冊の本として残されることになった戒田さん。お会いできたこともそうですが、ありがたく思っています。

「残照」……素敵な言葉ですね。

田中和彦

（南海放送代表取締役会長）

ドラマの周辺

　放送ドラマ集を出版すれば、と強く背中を押してくれたのは、今は亡き友、梅木要である。昨年の晩秋、温風機を取り出すため、わが家の片隅にある古い物置を開けた。そこにはとても動きそうもない自転車やゴルフバッグ、本、雑誌、古着などが足の踏み場もないほど散らかり、積み上げてあった。そして一番奥に大きな段ボール箱が見える。以前から気になっていたが、大切なものではないだろうと思っていた。

　しかし物置を作ってから五十年は経っている。ふと開けてみようと思った。引っ張ると重かった。外に出すのに力がいった。開けると、原稿がぎっしり詰まっていた。二十歳前後に書いたと思われる放送ドラマ、戯曲、小説がどっさりあった。

　いつ頃しまったものか記憶がなかった。そうした類いのものはとっくに処分したつもりだった。さて、どうしようか。紙ごみとして捨ててしまおう、と思ったが、過去を捨ててしまう気分にもなり、元へ戻した。そしてそのまま忘れてしまった。

数ヶ月後、梅木と飲んでいてその話をすると、「本にすればいい」と言いだした。しかし六十年以上前のものを、わざわざ本にすることもないと思った。戸惑っている僕に彼はまた言った。「人がどう思ってもいい、自分が生きた証として意味がある、と思えばいい」。再び強く背中を押してくれた。僕も思い直して本にしようと思いついた。

脚本家を目指した

しかしそれは思ったよりはるかに手間がかかる作業だった。当時は、ガリ版刷りの放送台本を作成し、スタッフとキャストに配布していた。六十年を経た台本は迂闊に触れるとパラパラと崩れた。それらを紙と鋏とのりを使って復元し、なんとか読むことができた。何日もかけてやっと三十編ほどの作品を復元した。

その中からなんとか形になっているものを八編選んでみた。いずれも二十歳前後の時に書いたものである。作品の良し悪しに年齢は関係ないが、意外によく書けているのではと、ひそかに思うものが何編かある。

その当時、僕は若きライターとして新聞で紹介されたりした。それから人生が狂ってしまった。もう少し修行すれば一流のライターになれると思った。一時期その気になって勉強した。しかし甘いものではない。これは大変なことだと思いだし、やめてしまった。

生まれつき怠け者で飽きっぽい性格は、どうしようもなかった。若くて浪々の身、無頼派を気取って彷徨した。今は思いもよらぬ仕事をしているが、毎日流れ出るドラマ類を見ていると、この程度のものなら今でも書けるぞ、と思ったりする。

僕にドラマの手ほどきをしてくれたのは、高校の先輩・天野祐吉さんである。天野さ

ラジオドラマのリハーサル。後方左から３人目は天野祐吉さん

んは二〇一三年に八十歳で亡くなったが、四十代の後半からテレビＣＭなどを対象に独自の広告批評を展開し、超売れっ子のコラムニストとして活躍した。

　また故郷・松山でも子規記念博物館の館長を務めた。間質性肺炎による急死は人々を驚かせた。彼は東京生まれだが、終戦の少し前、松山へ来た。そして学制改革で新制高校ができたとき、松山中学から松山南高校へ転入した。その時代の人たちは、みな混乱の中で新制高校を卒業していった。

　映画監督で俳優の伊丹十三さんも松山南高校に在学していたが、交流がなかったのか、伊丹さんのことは一度も聞かなかった。ともかく天野さんの松山時代の生活はよく覚えていない。アマチュア劇団を立ち上げて公演したり、放送劇団で役者として出演したり、ラジオドラマを書いたり、たまには戯曲を書いたりしていたが、なにをしてもきらびやかな才能が垣間見られた。ぼくはそんな彼にチョコチョコとついて回っていた。そして見よう見まねでラジオドラマを書くと、丁寧に批評して作劇術を教えてくれた。

　彼の家は、市内を流れる中ノ川の上流部、現在の勝山町一丁目あたりにあった。終戦後に人々が空き地を求めて家を建てた一角であった。僕はその家に三日に一度は訪れ、母親にめしを食べさせてもらった。そしてたびたび泊まった。どうしてそんなことになったか、六十五年近く過ぎた今もわからない、不思議なことである。母親は江戸っ子で、いつも歯切れ良い口調で僕を相手にしてくれた。どこか女優の乙羽信子を感じさせる女性だった。父親は東京で仕事をしているとのことだったが、会ったことはなかった。

　天野さんの二十歳代半ばまでの生活は覚えていないが、体調を崩して帰郷していた頃、兄事した。彼は短期間で健康を取り戻し、再び上京し、広告代理店に勤務したあと出版社を設立、昭和五十四年、雑誌「広告批評」を創刊。時代を見つめる鋭い文化批評はマスコミの人気を博し、コラムニストとしてテレビ

南海放送劇団劇作家と劇団員の会（平成４年11月11日）南海放送本町会館
この頃、すでに劇団は解散していた。同窓会として集った。

に顔の出ない日はないほどだった。また郷里のために子規記念博物館の館長を引き受け、松山の文化の発展に尽くした。

戦争の傷あと

さて、「遠い日への歌」や「流れる水のごとく」は、戦争の傷あとが残る時代の話であるが、数年前、高校の同級生・西嶋真幸君が同期会で飲みながら話したことは心に残っている。彼は双海町（現伊予市）の出身。大学を出て食品メーカーに入社、全国各地の工場に勤めて定年、その後帰郷した。

その彼がレイテ島へ父親の遺骨を収集に行った。レイテ島はフィリピンの島の一つで、本国の東側にある。太平洋戦争中「レイテ島の戦い」と呼ばれ、日米が壮烈な戦いを繰り広げた。

当初、日本がレイテ島を占領していたが、昭和十九年十月にアメリカは兵二十万人を動員して取り返しに来た。迎え撃つ日本軍は、兵約八万四千人、約二ヶ月間の戦闘で、日本軍兵士七万九千人が戦死し、ほぼ全滅の形で終了した。

戦後、政府・遺族、ボランティア団体を中心に、遺骨の収集が始まった。そこで彼はボランティアの一員としてレイテ島へ行った。戦いが終わって数十年、今頃なぜ父親が戦死したレイテ島まで行ったのか。そのことが感動的だった。五歳の時父親は出征したから、面影をかすかに記憶している程度であるが、レイテ島へは若い頃から行ってみたいと思いつつ行かなかった。行かない理由があった。

彼には戦死した父親の他に育ててくれた父親がいたのである。戦争が終わり父同様に戦地へ行っていた叔父が帰還した。父の弟である。二人の兄弟の父親（彼の祖父）は言った。「お前は兄貴の嫁を妻にして子供を育て、西嶋の家を継いでくれ」。懇願された。

実際には強い指示で、西嶋の母と結婚して子供たちを育てた。西嶋は、養父の叔父が生きている間は遺骨収集の話は切り出せなかった。やがて高齢の養父が亡くなり、永年の念願であったレイテ島に出かけたのである。遺骨収集の模様は割愛するが、彼は戦争文学の代表作、大岡昇平の『レイテ戦記』（中公文庫）をボロボロになるまで読み、いつもポケットに入れていた。我々の世代はそんな時代だったのである。

似た話はいろいろある。今、松山空港は大型旅客機が飛び交う国際空港だが、七十六年前は海軍航空隊の基地であった。その基地を守るため、周辺に高射砲部隊が配置された。僕の家の周囲、松前町塩屋海岸にもあった。そして多数の兵士がいた。敗戦時、またたく間に軍隊は解散し、兵士たちはそれぞれ故郷に帰っていったが、中には地元の女性と結婚し、住みついた人もいた。

田村さんはその中の一人である。子供であった僕は詳しいことは知らないが、女性は近所の娘さんで紡績工場に勤めていた。ふっくらとした丸顔の明るい人だった。田村さんは大阪の人で、二人は町の中心部の近くで理髪店を始めた。愛想のいいお嫁さんと丁寧な仕事をする田村さんによって理髪店は繁盛した。

女の子が二人生まれ、幸せそうな一家であった。僕も時々その店で世話になった。やがて子供たちは成長し、結婚していった。田村さんも年をとり、店を閉めた。僕より二十歳くらい年長と思ったが、今は消息は知らない。人は様々な人生を生きる。田村さんが松前町へ来たのも何かの偶然だろう。縁もゆかりもない土地で生涯を終えるのは、覚悟を決めた清い人生かもしれない。僕にはそんな気がしてならない。

校歌の無かった時代

校歌を歌った記憶がない。だから無いものと思っていた。伝統を誇る特別な学校にあるものと思い込んでいた。もう二十数年前の話であるが、当時、愛媛経済同友会の代表幹事だった南海放送の大西越丙社長を囲んで数人で飲んでいた。大西さんは同郷、郷里の大先輩である。どうして校歌の話になったのか忘れてしまったが、僕が「小学校の校歌は知らない、無かったのではないか」と言うと、笑顔で飲んでいた大西さんは真顔になって立ち上がり、歌いだした。

流れたえせぬ　重信の
川に沿いたる　学びやに
日毎のわざを　はげみつつ
のびゆく我らの　うれしさよ

岡本藤枝　作詞
佐野政雄　作曲

大西さんは声を張り上げる。どこかで聞いた記憶がある。「母校、岡田小学校の校歌よ。覚えておいて」と笑顔に戻った。

さて、岡田小学校を卒業した僕は、昭和二十六年（一九五一）四月に岡田中学校に入学し、二十九年（一九五四）三月卒業したが、校歌を歌った記憶がない。確かに無かったのだ。しかし自信がなかった。幸い近所に中学校長のＯＢが住んでいるのを思い出し、電話をした。「中学校の校歌っていつ頃からあったのだろう。僕の時代にあったかな」。突然そんな質問をしても、分かるはずがない。「調べてみましょう」と言って、翌日電話があった。「昭和三十二年（一九五七）にできている」。やはり僕が中学生の頃には無かったのだ。

それではなぜ校歌が無かったのか。昭和二十二年（一九四七）、アメリカ式の学制になり、六・三・三制、男女共学が始まった。ＧＨＱ（連合国軍最高司令官総司令部）の強い指令であった。戦後の混乱期は、校歌の制作どころではなく、合唱して意思を統一するようなことは望ましいことではなかったのかもしれない。日本側の忖度かもしれないと、いい加減なことを思う。なにさま仇討や忠義を主題とする歌舞伎の時代物が上演中止になった時代のことである。（中村隆英『昭和史』）

年をとって思うのは、校歌には、なにかわからない威光や郷愁や深い思いがある。ことに伝統校のものには、歌っても聞いても込み上げてくるものがある。校歌が持つ重みだろうか。

終戦直後は混乱の時代で、まとまりのない社会であった。自由奔放、目茶苦茶だったが、反面どこか何か分からない筋が通っていた気がする。それが戦後生まれの人たちが二十代になり、団塊の世代を構成するようになると、規律に甘く、過去を否定する社会が出現し、日本伝統の美徳を軽んじ始めた。そこに出現する社会は、人を深く愛するのではなく、金儲けのうまい人、実務的に社会に役立つ人、自己に役立つ人たちがもてはやされだした。

西嶋君の話でも、アメリカ式合理主義の中では考えられないことだと思う。人情のこまやかさが消えていきそうで心細い。校歌がどの学校にもあれば、社会は少し違ったものになっていたかもしれない。東洋的美徳である「長幼の序」を重んじて、人情こまやかな社会が再び現れることを祈りたい。

人生は、誰かとの出会いや偶然の出来事で思わぬ方向に行ってしまう。それは不運になることもあるが、大きな幸運に恵まれることもある。その人が持っている運命かもしれないが、大半の人はそんな人生を生きている。もっとも、一部のエリートが社会のリーダーになっていることを否定するつもりはない。

石原慎太郎さんの死

この原稿を執筆しているとき、石原慎太郎さんが亡くなったニュースが流れた。しばし茫然とした。慎太郎さんは僕らの青春のシンボルであった。古いモラルの破壊を大胆に表現した小説『太陽の季節』は社会現象ともなり、後ほど映画界にデビューした弟の裕次郎と共に時代のスターになった。彼の言動は永遠の青春を感じさせた。僕もまた「かくありたい」と思ったわけではないが、いかにも老人を指す言葉は好まない。

昭和三十年代は「ブラジル移民」の話題もあった。松山—東京を直通で結ぶ列車は急行「瀬戸」号だった。松山を午前十時頃出て、翌朝五時頃東京駅に着いた。下り松山行きはその逆で、宇高連絡船に夜明け頃乗船した。「連絡船にて」の老人はその列車に乗り、高松から高知へ帰る想定である。

僕の書くものは、ドラマも戯曲も書き散らかす随筆類も、底流は生きていく切なさと哀愁と感傷である。だから甘く情緒的だと言われる。確かにその通りであるが、それらは人の心を動かす大きな要素の一つである、と思っている。僕は仕事も社会活動も政治活動も選挙運動も書くことも、「やろう」と思ったことは全て本気で取り組み、代償を求めない。全て青春の行為である。八十代になっても青春の志がある。だから時々とんでもない迷惑を周囲にかけるときもある。老人の正気の沙汰ではないかもしれないが、「残照の光り輝け」と思っている。

人生の最終ラウンド

二年前、雑文集を出版した。業界の会報や広報誌などに書いたものを集めたものだが、我が人生の来し方を振り返ってみたかった。しかし恥の多い人生なのに、その上塗りになるのでは、と恐る恐る思いついた。本は四百部印刷した。そんなに作っても読んでくれる人はいない、配るところはないと思ったが、印刷会社の営業マンに乗せられた。「ありますよ、配るところ。あなたが書いた本なら読みたいと思う人が大勢おいでますよ」。少し本気になった。おだてには弱い。

それが正解だったかどうか分からないが、友人や知人に贈ると、思いがけない人から「読みたい」と言ってくれたりした。何年も連絡がなかった友人から突然電話があったりした。それがきっかけとなり、一ヶ月に一度ぐらい携帯電話で話し合うようになった。とりとめのない話を二十分も三十分もする。なかには六十年以上会っていない人もおり、町ですれ違うと絶対に分からないだろうと思う。それなのに一気に時間を飛び越えて、青春時代のいささかぞんざいな口調で話し合い、笑い合うことができる。そして終わり頃には、同じクラスだった者の名前をあげ、「あいつも、こいつも死んでしまった。結局全滅や」と言う。そういえば、僕も同じ中学校から高校へ進学した男子八人のうち五人は亡くなっている。「長生きしようぜ」と互いに励まし合い、そして笑う。

藤本昌義君もその中の一人である。藤本君と会ったのは五十代だったと思うが、はっきり覚えていない。彼とはめずらしい出会いであった。その当時、僕は東芝エレベータの愛媛県内の代理店をしていた（現在も同様）。その全国会議が東京のホテルであった。二百社近い会社が参加していた。参加者名簿と配席図がテーブルに配布されていた。四国の各県から一社ずつ出席しているが、その人達は顔見知りである。他は知る必要もなかった。

酒がまわり室内が騒がしくなった頃、突然声をかけられた。「ヨウ、戒田君」。僕は見た。一瞬間をおき、わかった。「藤本だ」。お互いに手が出て握手した。「愛媛からどんな会社が来ているかな、と名簿を見ていると、君の名前があるじゃないか」。三十年振り、四十年振りに会っても、面影はしっかり記憶しているものだ。立ち話でも話は尽きなかった。

彼は、東京の機械販売の専門商社に勤めているとのことだった。もっと話したかったが、メーカーの営業マンがそれぞれブロックごとに二次会をセットしていたので、別れた。それから年賀状の交換が今でも続いている。

藤本君に本を贈った関係で、大阪に住む中矢丈夫君と話すようになった。みんな昔のままだ。僕の病気のことを心配して時々電話をくれる。治療のため入院するときなどは、二人は必ず励ましの電話をくれる。すごく嬉しい。元気で帰ってくるぞ、と勇気づけられる。

ところで話の終わり頃になって、誰もが話題にすることがある。実に不思議だ。「おまえ、あの女の子、どうしているか知らんか」。八十三、四のおばあさんを〝あの女の子〟でもあるまいに、とも思う。が、こちらも同年齢のおじいさんである。東京や大阪など都会で暮らす者ほど話題にする。遠い青春時代に会い、遠い故郷で暮らしているかもしれない人の面影は、忘れがたく強いのかもしれない。

つい先日、中矢丈夫君と話していると、

「オマエ松前だったなあ」

「そうだ」

「松前から通っていた可愛い子がいただろ。小柄だがスタイルがよかった」

一生懸命容姿を説明する。話しているうちに、大方見当がつく。

「それはKさんだろう」

「そうだ、そうKさんだ。元気でやっているかなあ……」

「知らないよ」

「捜してくれ」

「捜せと言えば捜してやるよ。生きていればすぐ分かると思うよ」

「そうか、そうか」

声がはずむ。

「それでオマエ、捜してきたらどうするんだ」

沈黙、永い沈黙。

「アハハハハ」

突然笑い出す。僕も大声で笑う。

しばらく二人で笑い続ける。八十四歳、まさに昭和の青春。誰と話していても、最後は似たようなものになる。

それぞれの人生を歩んで、いよいよ最終ラウンドである。今、「オマエは人の役に立ったか、社会に少しは貢献したか」と問われると、僕は「いいえ」と答えるしかない。神よ許せ。凡百の不肖の子を、と言う他はない。しかし今からでも、残された時間を人のために尽くすことができればと思う。

ガリ版（謄写版）刷りの台本をスタッフ、キャストに配布した

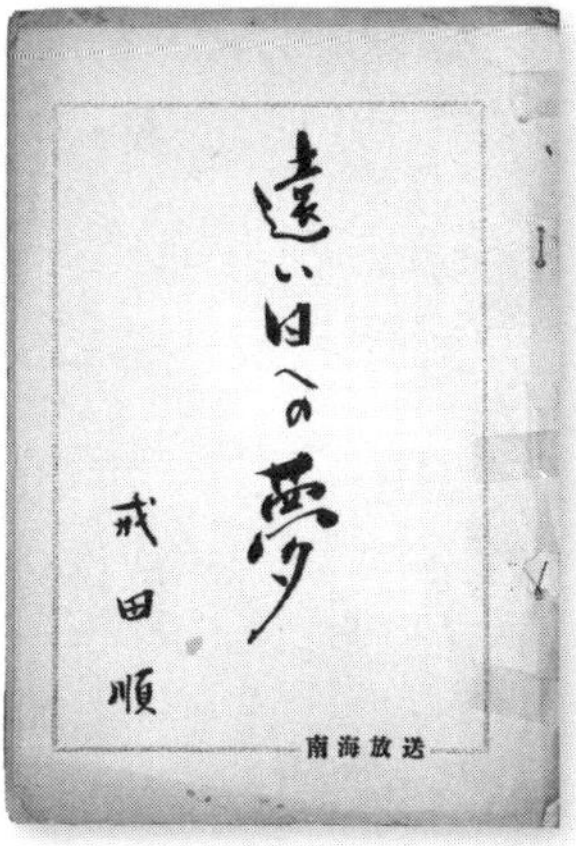

遠い日への夢

戒田順

南海放送

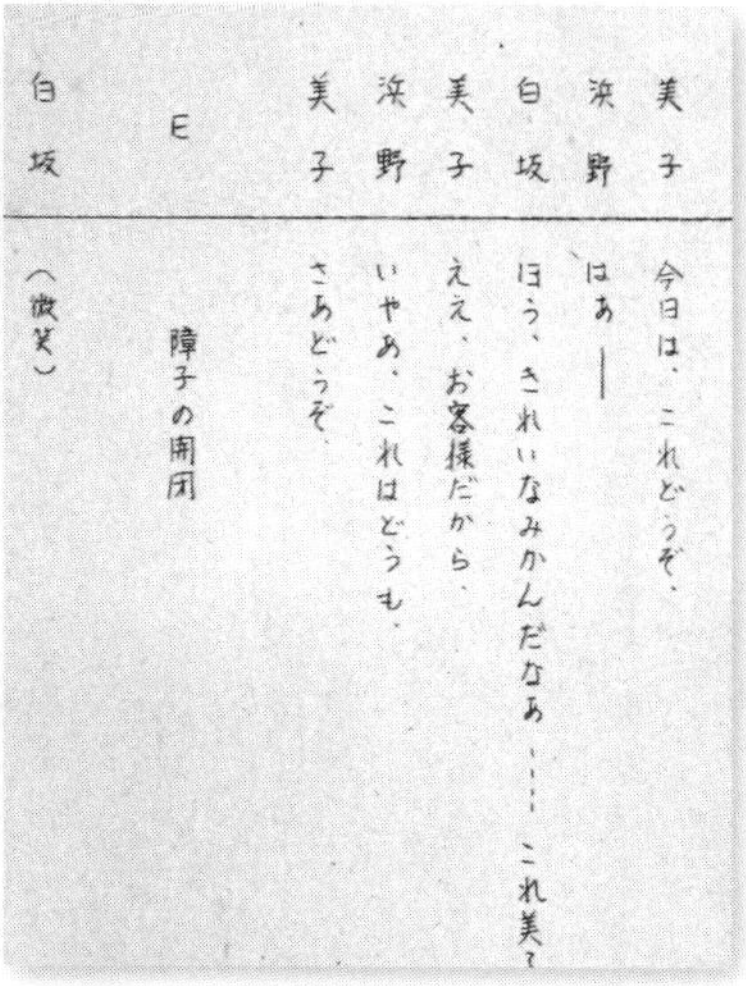

美子　今日は、これどうぞ。

浜野　はあ――

白坂　ほう、きれいなみかんだなあ……これ美

美子　ええ、お客様だから。

浜野　いやあ、これはどうも。

美子　さあどうぞ。

E　障子の開閉

白坂　（微笑）

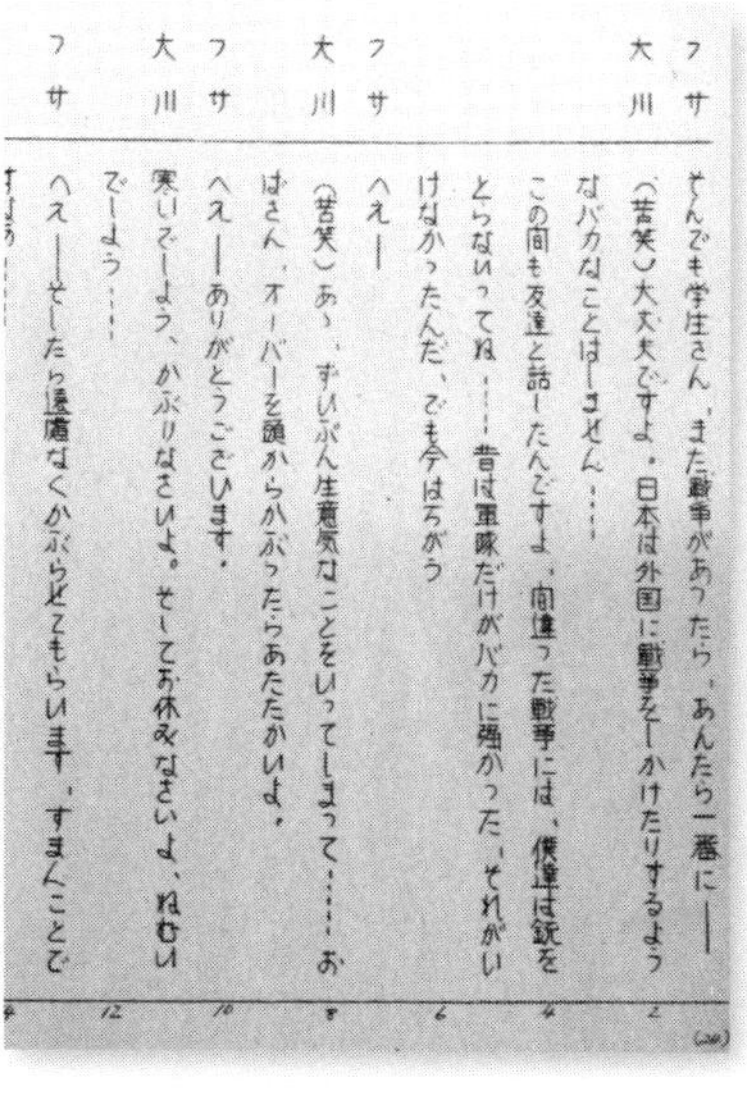

フサ　そんでも学生さん、また戦争があったら、あんたら一番に――

大川　（苦笑）大丈夫ですよ。日本は外国に戦争をしかけたりするようなバカなことはしません……この間も友達と話したんですよ、間違った戦争には、僕達は銃をとらないってね……昔は軍隊だけがバカに強かった、それがいけなかったんだ、でも今はちがう

フサ　へえ――

大川　（苦笑）あっ、ずいぶん生意気なことをいってしまって……おばさん、オーバーを頭からかぶったらあたたかいよ。

フサ　へえ――ありがとうございます。

大川　寒いでしょう、かぶりなさいよ。そしてお休みなさいよ、ねむいでしょう……

フサ　へえ――そしたら遠慮なくかぶらしてもらいます、すまんことですよう……

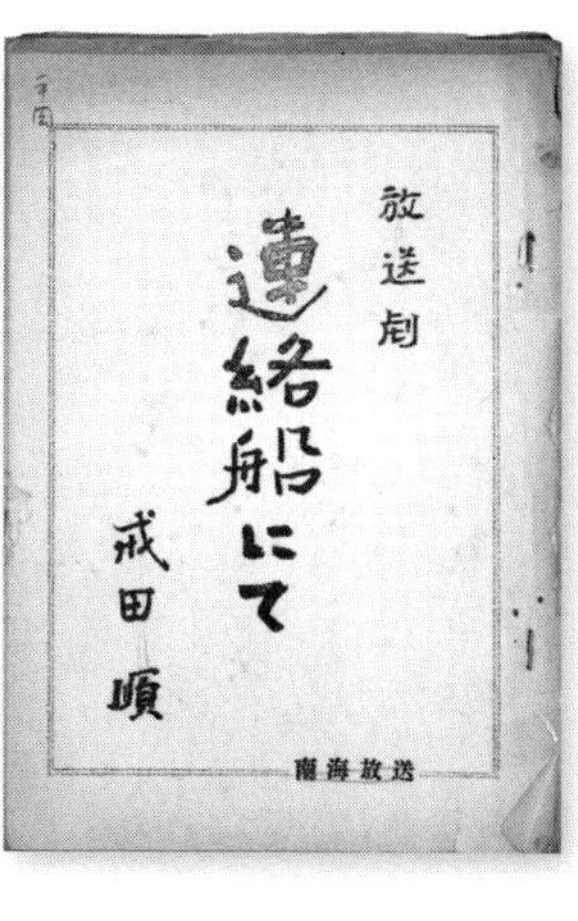

放送劇

連絡船にて

戒田順

南海放送

雨
戒田順

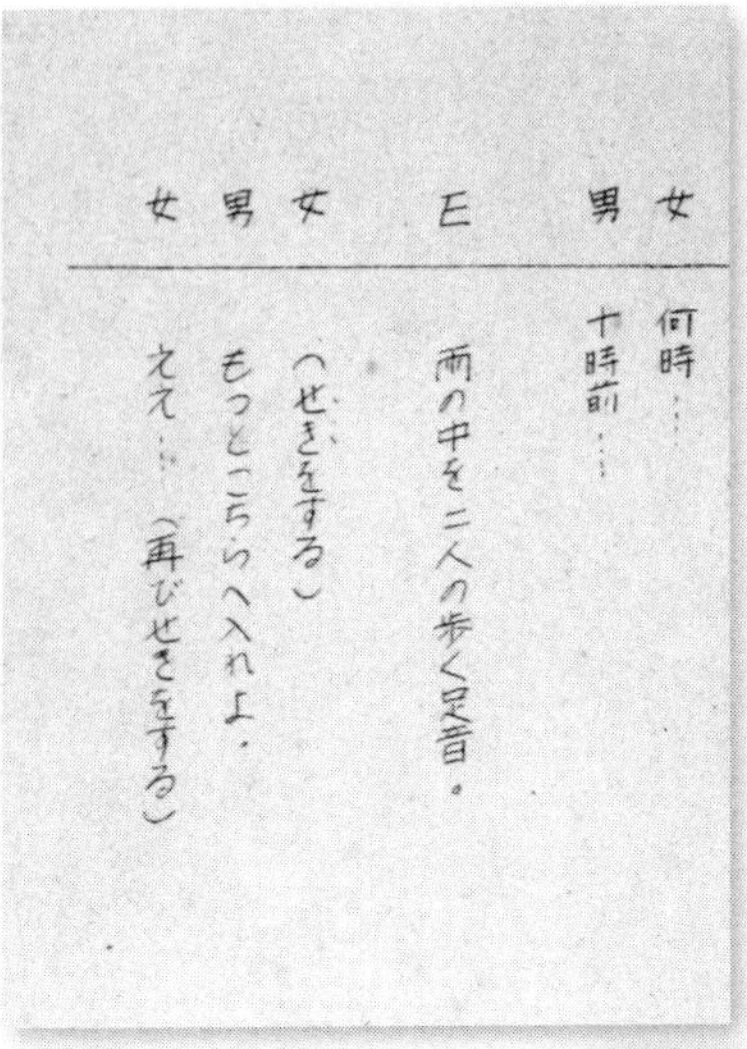
女 何時…
男 十時前…
E 雨の中を二人の歩く足音。
女 （せきをする）
男 もっとこちらへ入れよ。
女 ええ…（再びせきをする）

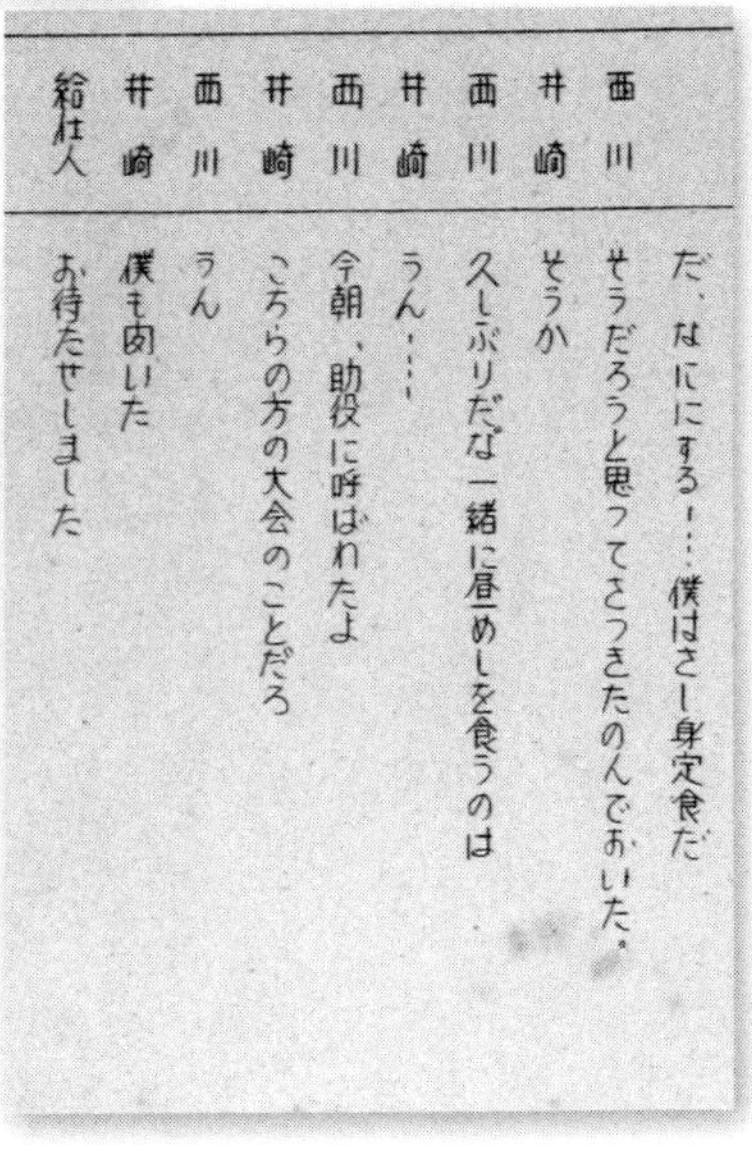
だ、なににする！…僕はさし身定食だ
西川 そうだろうと思ってさっきたのんでおいた。
井崎 そうか
西川 久しぶりだな一緒に昼めしを食うのは
井崎 うん…
西川 今朝、助役に呼ばれたよ
井崎 こちらの方の大会のことだろ
西川 うん
井崎 僕も聞いた
給仕人 お待たせしました

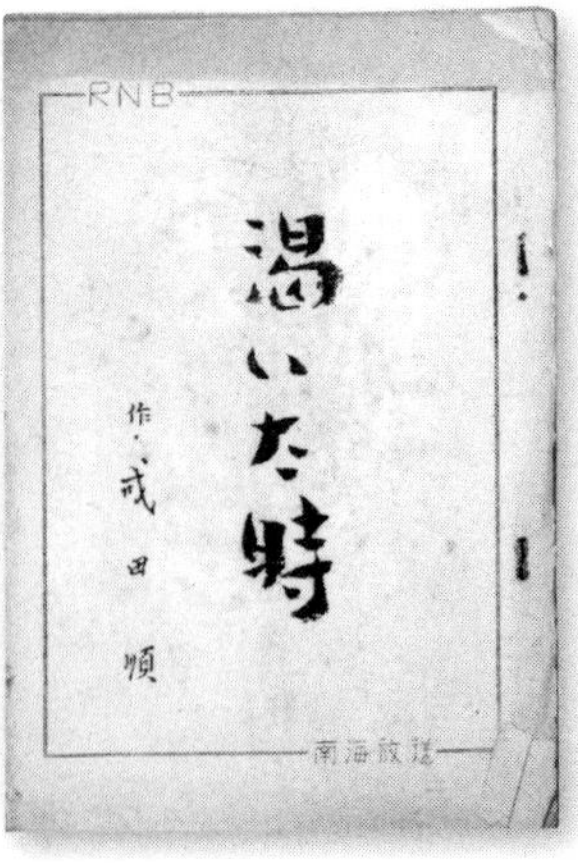
RNB
渇いた時
作・戒田順
南海放送

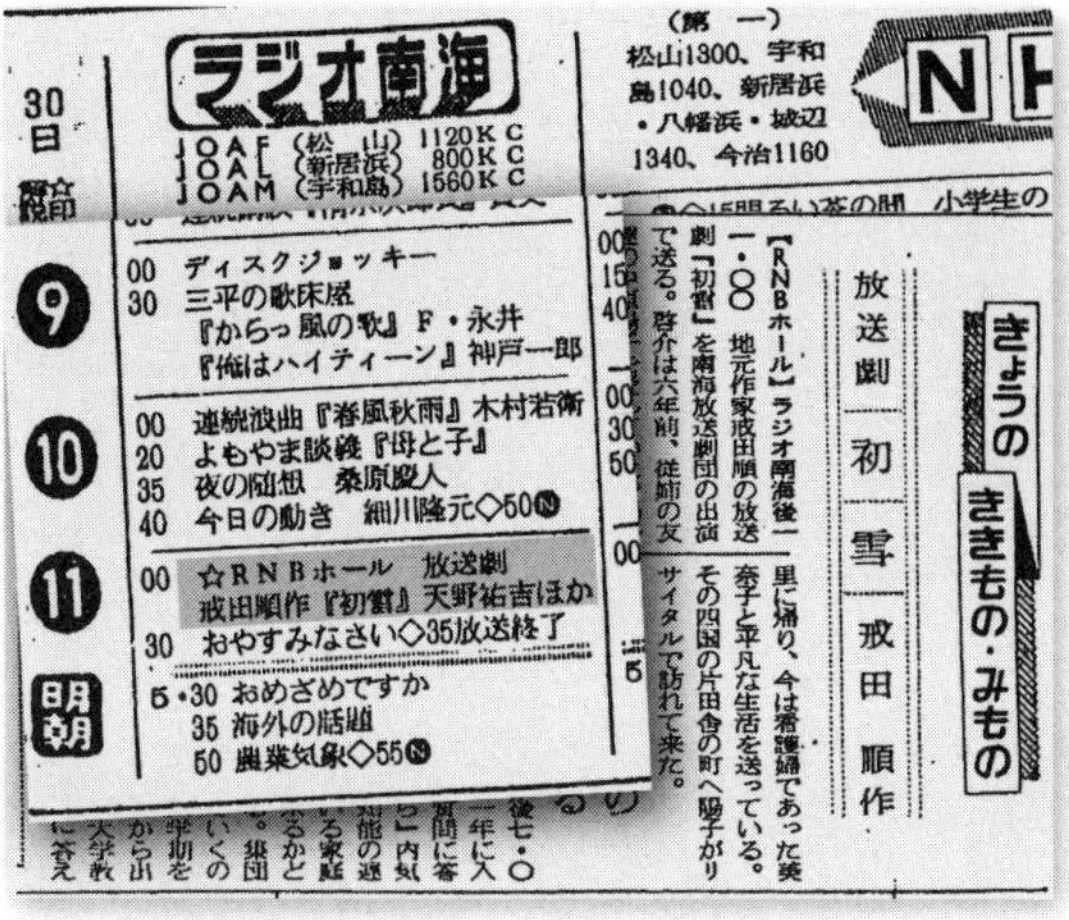

ラジオ南海
JOAF（松山）1120KC
JOAL（新居浜）800KC
JOAM（宇和島）1560KC

30日

9
00 ディスクジョッキー
30 三平の歌床屋
『からっ風の歌』F・永井
『俺はハイティーン』神戸一郎

10
00 連続浪曲『春風秋雨』木村若衛
20 よもやま談義『母と子』
35 夜の随想　桑原慶人
40 今日の動き　細川隆元◇50Ⓝ

11
00 ☆RNBホール　放送劇
戒田順作『初雪』天野祐吉ほか
30 おやすみなさい◇35放送終了

明朝
5・30 おめざめですか
35 海外の話題
50 農業気象◇55Ⓝ

NHK（第一）
松山1300、宇和島1040、新居浜・八幡浜・城辺1340、今治1160

きょうのききもの・みもの

放送劇　初雪　戒田順作

【RNBホール】ラジオ南海後一一・〇〇　地元作家戒田順の放送劇『初雪』を南海放送劇団の出演で送る。啓介は六年前、従姉の友里に帰り、今は看護婦であった英奈子と平凡な生活を送っている。その四国の片田舎の町へ陽子がリサイタルで訪れて来た。

台本は、復元することができなかったが、
天野祐吉さんらが出演したドラマ――

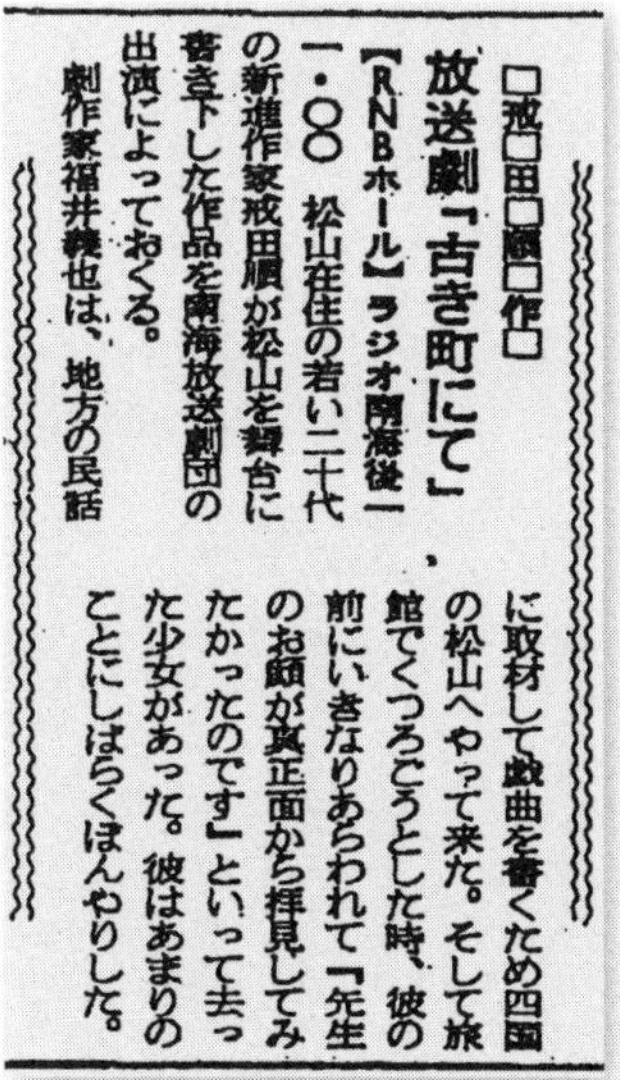

□戒□田□順□作□

放送劇「古き町にて」

【RNBホール】ラジオ南海後一一・〇〇　松山在住の若い二十代の新進作家戒田順が松山を舞台に書き下した作品を南海放送劇団の出演によっておくる。

劇作家福井幾也は、地方の民話に取材して戯曲を書くため四国の松山へやって来た。そして旅館でくつろごうとした時、彼の前にいきなりあらわれて「先生のお顔が真正面から拝見してみたかったのです」といって去った少女があった。彼はあまりのことにしばらくぼんやりした。

8
浮の宿』『私の青空』ほか
30 軽音楽『グッド・バイ』『真珠の首飾り』『青空』『アイ・ラブ・パリ』

9
00 ☆森繁千一夜『空想博物館』
30 演芸会　漫才『底抜け仲人』三田道雄、宮島一歩落語『おばあさんの座談会』古今亭今輔

10
00 連続浪曲『花咲く城』野々木米若
20 人情夜話『風のうちそと』吉田信子作◇35夜の随想　伊賀允美
40 今日の動き　細川隆元◇50Ⓝ

11
00 ☆RNBホール　放送劇『古き町にて』作・戒田順、岡田みどり
30 おやすみなさい◇35放送終り

明朝
5・30 おめざめですか
35 海外の話題
50 農業気象◇55Ⓝ

愛媛新聞ラジオ欄（左）、ききもの欄（昭和34年３月31日火曜日）

亡き友　梅木　要

冒頭で紹介したが、梅木が強く背中を押してくれたから、このドラマ集を上梓することができた。梅木のことを書きだすと、長いノンフィクションになるが、今の僕には時間も気力もないから、短いものを書くことにする。人間関係は不思議なものである。二、三度会って意気投合することもあれば、何年付き合っても理解しあうことなく、反目しあう関係もある。それは男女間、年齢差を問わない。僕と梅木は初対面から波長があった。（以下敬称略）

A

令和三年七月二十一日二十三時過ぎ、梅木は僕の眼前で突然倒れた。呼びかけて体を揺すっても、ビクともしなかった。何が起こったのかわからなかった。大街道三丁目、旧映画館の前あたりだった。人通りはまばらだった。救急車を呼ぼうと思ってもとっさに番号が出てこなかった。まさに動転していたのである。「誰か救急車を呼んで下さい」と大声で叫んだ。三十代と思われる女性が気づいて呼んでくれた。サイレンが聞こえるまで数十分経った気がした。連絡をとっていた長女の美妙さんが自転車で来てくれた。僕はいつもは梅木と二人で飲みに出るのだが、その日は珍しく社員を二人連れていた。四人で県立中央病院の救急救命センターへ向かった。走り出すと隊員が脈拍や呼吸数などが表示されるモニターのスイッチをいれた。数字が出だしたが、不規則な出かたで、すぐ消えた。梅木の生命が消えた、と誰もが思った。みんな無言だった。

病院に着くと救命室に運ばれた。すぐ長女が呼ばれたが、出てきた。「ダメだった。くも膜下出血だそうです」。無言でうなずくしかない。奥さんと家族が来た。僕は二人の社員を連れて病院を出た。三人で黙って歩いた。通りかかったタクシーに彼らを乗せた。「大変だったな。明日、会社で」。僕は何も考えが浮かばなかった。とても現実のこととは思えなかった。

七月二十五日、葬儀が行われた。コロナ禍ではあるが、梅木の過去の地位と交友関係を思うと、それに相応しいものにしてあげたい、と家族は思ったのだろう。葬儀社も万全の協力をしてくれた。参列者は、県庁時代の先輩・仲間、後輩、趣味の仲間、飲み友達、そして会社の関係者など、賑やかなことが好きだった梅木に相応しい葬儀になった。

僕は深い悲しみを込めて、梅木を送る言葉を述べた。

弔　辞

あなたとの出会いは、平成二十一年の春、県の中予地方局長を定年退職して、愛媛経済同友会の専務事務局長に就任してからだ。その頃、僕は副代表幹事と総務企画委員長を兼務していたから、運営の裏方を二人で担うことになった。

各種行事の打ち合わせ、出席、会議など忙しかった。終わると必ず酒を飲みに行った。「梅ちゃん行くぞ」。声をかけると、あなたは「ヨッシャー」と、笑顔でこたえてくれた。あの無邪気な笑顔は忘れられない。

同友会専務の一年が終わる頃、何かよくわからないゴタゴタしたことが起こり、高浜観光港ターミナル㈱の専務に転出した。僕は「理不尽なことは正面から闘おう」と言ったが、あなたは「放っておいて」と堂々としていた。そして言われるままに愛媛経済同友会専務を辞職した。

それから四年、平成二十六年六月、同社を退職した。二度目の定年退職だった。

「これからどうするの？」と聞くと、「まだ考えていない、六十五歳だからしんどいよ」と言う。「それではうちへ来ないか。週三日ぐらい、相談役というポストを作ろう」「考えてみます」。

三日後、ニコニコ笑いながら「お願いします」と言ってきた。それから早くも七年である。

出勤した日は、朝のミーティングが終わると近くのコンビニエンスストアでコーヒーを買ってくる。そして僕の部屋で雑談だ。バカな冗談を言ったり、政治評論をしたり、県政を憂いたりだ。たまに意見が衝突してけんかをしたが、いつも僕の話し相手だった。永年の県庁生活で身につけた知識はなかなかのもので、充分面白かった。

七十歳を過ぎた昨年頃から、「いつまで来てかまんのかな」と言ったりするようになった。「元気な間は来いよ、そして僕の葬儀を取り仕切ったら、考えや」。冗談とも本気ともわからぬことを言って笑った。そんな話をするとき、「ありがとう」と言って目頭を熱くした。

人生の終わりがけに巡り会った最高の友であった。十三年間も僕を支えてくれてありがとう。おかげで恥をかくこともなく大過なく過ごすことができた。いずれ僕もそちらへ行く。また会おう。うまい酒を飲んで騒ごう。バカな冗談を言いあおう。でもなあ、梅ちゃん、急いで迎えに来るなよ。僕はもう少し、することが残っているから。ゆっくり酒を飲みよってくれ。全て神様が決めてくれると思うから。いずれ神様から連絡があると思うよ。連絡があれば、外に出て待っていてくれ。僕は両手に持った酒を持ちあげて「おおい、梅ちゃん、来たぞ」と大声で呼ぶからな。それまでお別れだ、元気でやれよ、さようなら。

令和三年七月二十五日

B

愛媛経済同友会平成二十年度年次総会は、五月八日、愛媛県県民文化会館で開催された。その朝、事務局職員から電話を受けた。「梅木専務のお母さんが亡くなったそうです」。一瞬、僕は戸惑った。会場はどうなっているのだろうか。

「すぐ行くから」「はい、こちらも、もう出ます」。職員も戸惑っている。早く会って対策を講じなければならない。急いで会場へ入ると梅木は来ていた。「梅木さん、

平成20年度年次総会で司会進行

いいのか」「ええ、総会が終わり次第、帰らせてもらいます。交流会は欠席しますから」。助かった。総会が始まると彼は平常と何も変わらない司会進行をした。彼の心中を思うと、切なかった。

総会は無事終了した。その日、任期満了になった代表幹事の交代があった。中山紘治郎代表幹事（愛媛銀行頭取）からS氏に代わった。代表幹事は二人制で、留任するＩ代表幹事と二人で務める。

交流会が始まって会場が賑やかになったとき、「これで帰らせてもらいます」――梅木の声がした。僕は立ち上がり彼に頭を下げた。

「ほんとうにご苦労でした。ありがとう」

深い感謝と母親が亡くなったいたわりの気持

ちを込めて、玄関まで送った。

葬儀は翌日の午後、市内の斎場で行われた。先月まで県の幹部であったから多数の弔問客がおり、会場は生花で埋めつくされていた。

翌日、中山頭取から電話があった。僕は四年間の苦労にお礼を述べた。「まあまあ無事終わった。あなた達のおかげだ」と言ってから、「Aさんの生花があったが、あれはどういうことかな?」と聞いた。Aさんとは、某銀行頭取のことである。「さあ、知りません」。

おそらく梅木の前職時代に対する敬意だったのだろう。しかしそんなことは僕は知らない。「そう」。電話はそれで終わった。それきり忘れてしまった。

梅木の熱心な仕事ぶりと学習態度は、噂通りだった。会員の信頼も確実に増していった。僕は事務局へ時々顔を出して二人で飲みに出た。梅木は噂にたがわない大変な酒豪であった。僕も少しは飲める方だと思っていたが、まるきりかなわなかった。それも日本酒ばかり飲み、時々大きな杯を突き出し、なみなみとつがれるのには参った。

そして、ときに大声を出しカウンターを叩いたりした。そんなとき「うるさい、やめんか」と大声で制した。するといたずら小僧が叱られたように静かになった。梅木の〝酒癖が悪い〟といっても、その程度だ。

平成二十一（二〇〇九）年七月四日、当時、最も話題の人であった大阪府知事の橋下徹氏の講演会を開催した。このイベントはS代表幹事の発案で、彼の人脈を通しての招聘だったが、「橋下さんを招く理由は何か」など、様々な意見が出た。梅木は「やると決めたからには必ず成功させよう」と、事務局職員と共に大活躍だった。土曜、日曜関係なく、時には深夜に及ぶ作業が続いた。県下全域から経済界をはじめ、政治、行政のトップクラス約千三百人が集まる講演会はめったにできるものではない。警備関係の打ち合わせだけでも何度もやり直した。

当日は快晴だった。会場準備も見事に整った。講演は十四時からだったが、十三時頃には入場者が入りだした。整然とした入場口、案内者、そして警備の警察官、誰もがきびきびと動く。かなわない、この仕切りには。僕は舌を巻いた。梅木の知識、経験、人脈がいかんなく発揮されている。講演会は大成功であった。その晩、梅木をはじめ事務局職員と関係者を誘って飲んだ。みんな満足な顔、明るい顔、達成感にあふれた笑顔だった。

日々、何事もなく過ぎていった。僕は時々、代表幹事の代理で広島、山口などの県人会に出席したり、ブロックで開催される大会に出席した。いつも梅木が随行してくれた。そしてスピーチをするときは事前に原稿をチェックして、「少し短く」などとアドバイスしてくれた。

平成二十二年の元旦も、経済同友会は和やかに新年会を開催した。松の内も過ぎた一月十三日頃、寒波がきた。一歩も外へ出る気がしない。今年一番の寒波だ。こんな寒い日はなぜか切ない気持ちになる。

二月一日（月）

S代表幹事から突然電話で、会いたいと

橋下大阪府知事の講演会
左から、梅木、戒田、橋下知事、稲葉さん、山澤さん

言ってきた。十四時三十分に全日空ホテル（当時）のティールームで会うことにした。相変わらず寒い日だった。約束の時間に行くと、彼は来ていた。座るとすぐ切りだした。

「梅木に辞めてもらうことになった」

「何のことだ」

「酒癖が悪い。それが第一だ。それから俺は代表幹事だ。それなのに、先日も事務局へ行ったとき、これから今治へ焼鳥を喰いに行く。と言って出ていった」

「そんな個人的な感情で解雇はできない」

僕は冷静に言った。しばらく沈黙の後、彼は言った。

「中山頭取は梅木とA頭取が親しいのが気にくわんようだ」

下関市・西日本大会

「なんだ、やいているのか。しかし梅木がAさんと親しいなんて、聞いてない」

僕は笑った。Sさんも苦笑するしかない。

「わからん。大筋は決めたから副知事に会って詰めてくれ、ということだ」

僕はそれから彼と二時間近く話した。全く納得のいかないことである。

話の内容を推測すると、気が重くなる。僕は中山さんとは永い付き合いで、仕事上でお世話になってきた。経済同友会の活動も共にやってきた。

平成十七年三月、中山頭取が代表幹事に就任すると、翌年、僕を総務企画委員長に指名した。続いて二十一年には副代表幹事に推せんした。そして同友会の改革に取り組んだ。

当時会員は約四百名、財政的にかなりひっ迫していた。そこで会員増員を計画し毎年七十人程度増員。中山さんが退任する頃には五百人余りとなり、財政の危機を切り抜けた（二〇二二年九月現在、会員数は六百二十六人）。

内部改革にも思い切った手を打った。外部のコーディネーターに頼り勝ちだった委員会活動を自ら行うようにした。同時に委員会数を増やした。第一次産業活性委員会（現在の名称、以下同様）、文化芸術委員会、スポーツ委員会、産学官連携委員会、観光委員会などは、現在も活動が続いている。中山代表幹事の強いリーダーシップだろう。

話の区切りがついた時、彼と別れた。まったく釈然としなかった。

ホテルを出ると、冷たい冬の雨が降り続いていた。

梅木辞任の気配は日毎に強まっていくのが感じ取れた。一方、梅木はかわりなく、日々仕事を進めていた。僕はいたたまれなかった。

二月十二日（金）
梅木が副知事に呼ばれた。そこで話をして退職することにしてしまう。「辞める」と言ってしまえばおしまいだ。呆気ない最後だ。梅木の人の良さと元同僚という仲に付け込まれた感じもするが、もうおしまいだ。梅木は何も言わないが、元県庁職員の思考から「これはダメだ」と判断したのかもしれない。県庁組織の怖さを肌で知っているのだろう。
その夜、二人で飲んだ。飲んでいるうちに、無性に腹が立つ。
僕はだんだん酔いが回ってくる。梅木にこのまま引き下がらせたくない。しかし彼は言う。「自分は県庁が好きだった。県の仕事が大好きだった。だから一生懸命仕事をした。財政課に勤務したときは徹夜、徹夜で朝帰りしても苦にはならなかった」。眼がうるんでいた。

二月二十五日（木）

梅木から電話あり。

「副知事に呼ばれたので、県庁へ行く。それからTから辞表を出してくれと言ってきた」

「Tって誰だ」

「総務部で、ＯＢの人事を担当している男だ」

「知らん。放っておけ」

午前中に梅木は副知事に会う。「四月から第三セクターへ行ってくれ、六月の株主総会で正式に決定する」と通告された。その夜、割烹料理店で飲む。梅木は少し気分が和らいでいる。全て諦め、多少気持ちが整理できたのだろうか。

「辞表、預かってくれるかな」。梅木が突然言った。「いいよ、預かる」。僕はそれをスーツの内ポケットにしまった。辞表には、梅木の無念が詰まっている。わずか一年で去っていくことを、どう思えばいいのだろうか。要求したTも上司の指示とはいえ、内心忸怩たる思いがあったかもしれない。「人事権は一体どこにあるのだろうか。県職員として判断は正しいのか」。

Tがそんな気持ちを少しでも持ってくれれば僕は救われる。この辞表はしばらく持っておこう。再びスーツの上からそれを確かめた。

三月二日（火）　総務企画委員会

梅木、辞任を表明。淡々と挨拶をする。

三月九日（火）　幹事会

寒い日、昨夜から雪が降る。東予方面の幹事は高速道路が通行止めになり出席できない。今日で梅木の辞任が決定する。

「梅木専務は残念ながら県の都合で退職しなければならなくなった」とS代表幹事がごく簡単に述べ、梅木もまた総務企画委員会と同様に淡々と挨拶し、最後に「経済同友会が民主的に運営されることを強く望みます」と結んだ。僕もまた型通りの一年間の労をねぎらい別れの言葉を述べて、会は終わった。出席した幹事からは、何の反応もなかった。

三月三十日（火）　送別会

梅木の送別会をやろう。三月九日の幹事会が終わると、総務企画委員を中心に声があがった。僕は世話人をかって出た。梅木を励ましたかった。しかし何人集まってくれるか、見当がつかなかった。例え少人数でも彼を元気づけたかった。参加者を募ると意外なことが起こった。総務企画委員を中心に三十七人の会員が参加したのである。わずか一年の勤務経験しかない彼のために。僕は開会の挨拶をした。橋下大阪府知事の講演会を成功させたこと、母親が亡くなった日にも責任感から総会を取り仕切ったこと、委員会活動の方向を勉強しながら的確にアドバイスしたことをあげて労をねぎらった。そして最後に言った。

「わずか一年間でしたが、いつも全力投球でした。当会の仕事のこと、部下のこと、友達や仲間のことに深い愛情を注ぎました。それが時には誤解され、疎ましく思われたこともありました。しかしその生き方に共鳴し、感動する人も大勢いました。事務局長として一年が過ぎ、これから全員のよきパートナーとして活躍されるものと思っておりましたが、突然の退職です。何かよくわかりませんが、今さら詮索しても空しい限りです。「人」の評価は立場によって温度差があるのは当然ですが、経済同友会の活動は、事業を通して人への愛を深めるものです。そして、正しいことを正しく進めることです。

いま、あなたは胸塞がる思いでしょう。しかし今夜限りで全て忘れて下さい。あなたは小さな昆虫の生態に愛情を注ぎ、観察を続けておりますが、生きとし生けるものに深い愛情を注ぎ、あなた自身の人生を完成させて下

梅木の送別会。わずか1年だったが、ありがとう

挨拶する梅木。ご苦労さまでした

さい。どうかお元気でお過ごし下さい。送別の言葉といたします」

その夜、痛飲したことは言うまでもない。二次会で梅木のために歌った。いささか調子はずれではあるが声を張りあげた。「花も嵐も踏み越えて、行くが男の生きる道――」。『旅の夜風』である。

三月三十一日（水）

松山市大街道三丁目一―一　伊予鉄会館六階、愛媛経済同友会事務局を、梅木は静かに去っていった。一年前、希望に溢れてやってきた事務局を……。

C

梅雨がまもなく明けると思われる六月下旬、僕は梅木が勤める高浜観光港ターミナル㈱を訪ねた。会社へ入る前に、しばらく海を眺めた。海は青く澄んでいた。小さい波があり海面が小刻みに揺れていた。こんな所で終日、海を眺めて過ごすのもいいかな。梅木の仕事はあるのかな、退屈してはないかな、ぼんやり思った。

「今日から高浜へ出勤しております――」と連絡があって数日経つ。今日、梅木を訪ねるのは元気でやっているか会ってみたかった。そしてもう一点、彼に仕事をさせたかったからだ。ドアを開けると梅木はいた。十坪ほどの小さい事務所である。

「元気か」「なんとか」。仕事のことを聞くのは気が引けた。やはり心なしか元気がなかった。「経済同友会に入会して、また活動しないか」「どういうこと?」真意を測りかねる様子だった。

「会員として入会するんだ。そしてあなたが興味を持っていた地域づくりのことを、若い会員と共に勉強し活動すればいい」。納得した様子だった。笑顔が浮かぶ。「今迄の経験や知識を役立てるんだ。引き籠ってしまうことはない」

それからいつものように他愛無い話をした。
「知っている通り、推薦人が二人いる。一人は僕がなる。もう一人はK社長に頼む」。共通の知人の名前を言った。「今度、入会申込書を持ってくるからな」
会社は第三セクターである。その会社の専務の入会に異議を唱える人はいないだろう。さあ梅木、もう一度仕事をしよう。生気を取り戻そう。僕は嬉しかった。しかし一ヵ月後、また闘いを始めなければならなかった。

七月六日（火）　総務企画委員会
梅木からの入会申込書が提出された。入会については幹事会で決めることになっているが、事前に総務企画委員会に諮ることが慣例になっている。出席者全員「異議なし」であった。その他の審議事項は活動報告、行事予定、後援依頼などいつもの通りで終わった。一週間後の火曜日に全て幹事会に提案される。

七月十三日（火）　幹事会
幹事会開催。入退会審議に梅木の名前がない。僕は血の気が引いた。どうした？

発言しようとしたとき、「異議なし」の拍手があり、会議は終わった。誰も何も言わなかった。僕は会議が終わると、その場でS代表幹事に聞いた。

「梅木さんの入会申し込みがなかったのはどうして？」

「梅木さんが入会届を出しているのを私は知らなかったので保留にした」

過去にそんな例はなかった。また、代表幹事は総務企画委員ではない。僕は再び血の気が引く。彼はそれを見越したように「八月の幹事会には上げるから」と言って足早に立ち去った。

八月十日（火）　幹事会

やはり梅木の名前はなかった。僕は正面から正そうと思った。梅木の人格を傷つけるような発言があれば、絶対に許さない、と意気込んだ。「なぜか？」――僕は質問を始めた。会場の雰囲気が変わる。出席している幹事からも発言が出だした。

「あの人は酒の飲み方が悪い」「委員会の交流会で自分一人がいい冷酒を飲んだ」「入会申し込みは本人の意思とは思えない」。

次元の低い話ばかりだ。「入会申し込みは本人の意思とは思えない」――失礼な話だ。

本人の経歴を考えてもありえないことだ。冷酒は、会費五千円のうちだ。

「あと一ヵ月待って」S代表幹事が発言した。「一ヵ月待ってどうなるのですか」すかさず突っ込む人がいる。幹事会始まって以来のバトルになった。いつもは了承の拍手があるのみだったが、その日は違った。

そんな中で地元大手企業の役員の幹事が発言した。「入会の申し込みがあり、総務企画委員会で審議し通過したものなら、幹事会に上程して審議するのが当然でしょう。途中で議案を握りつぶしたりするものではありません」。

当然とはいえ、強い説得力があった。「その通り。まずそれを第一に考えるべきです」。若手の幹事が同じた。

冷静な考え方が目覚めた。やはり経済同友会幹事のメンバーだ。「次に上程しましょう」。誰かが言った。拍手が起こり、九月幹事会に諮ることになり、次の議題に移った。

僕は嬉しかった。そのことが大義にかなっていれば、必ず支持者・支援者が出てくるのだ。幕末の儒者、佐藤一斉は「一燈を頼め」という言葉を遺している。「一燈を提げて暗夜を行く、暗夜を憂うるなかれ、只一燈を頼め」。一燈は言うまでもなく自己の信念であろう。いかに暗くても心配はいらない、己の信念を頼め、ということか。

九月十四日（火）　幹事会

九月幹事会がきた。大丈夫だ、今日で終わりだ、と思っても、動悸は大きく打つ。本当に大丈夫だろうか。配布されている審議資料を見る。入退会審議の入会者の中に梅木の名前はあった。僕は大きく息を吐いた。会議は現職松山市長の出馬要請など、目立った件名と一緒に、さり気なく盛り込まれていた。異議なしの拍手で終わった。

十月、梅木は再び経済同友会に帰ってきた。またやろう。思いきりやってくれ。僕は久し振りに明るい気分になった。

それから四年半。高浜観光港ターミナル㈱で過ごし、二度目の定年を迎え、僕の会社に来た。その辺りのことは弔辞に述べた通りである。あの屈辱的な事件は、梅木の胸に深くきざまれているだろう。僕も忘れることができない。自分の不甲斐なさが悔しい。何年過ぎても変わらない。あの頃、僕は言った。「梅木、やろう、闘おう。最後まで付き合うから。小さい会社の経営者は、いざとなったら怖いものなしだ。ウメちゃん自身のためでもあるが、経済同友会の正しい運営のためだ」。しかし梅木は言う。「私は県庁が大好きでした。県の仕事が大好きでした」。断固とした態度だった。梅木は県に対して、刃向かうことはない。彼にとって県庁は愛してやまない誇り高い職場だった。

D

叙勲を受ける

平成三十年（二〇一八）秋の叙勲を受ける。公務員経験者にとって大きな名誉である。「おめでとう」と言うと、照れ笑いしながら「ありがとう」と言う。小さい宴会を社内と友人で行なった。

出勤した朝は、近くのコンビニエンスストアでコーヒーを買ってくる。それを飲みながら長談議だ。梅木の知識は広い。昆虫採集、日本酒の話、地方財政の話、学生時代に打ち込んだ弓道の話、どれも面白かった。そして十二時近くになる。「昼めしに行く」と出て行く。それきり自宅へ帰ってしまうときもある、帰社するときもある。帰社したときは「今晩は連れて行け」という合図である。僕は「おー、のどが渇いた

叙勲の祝賀会の帰りに

か」と応じる。

　彼がコーヒーを提げて帰ってくる姿は、僕の部屋の窓からよく見える。雨の日、晴れの日、風の日、雪の降る日も買いに行く。そんな梅木の姿をぼんやり見ていて気が付いた。とてつもない哀しい表情が浮かぶときがある。

　人は誰でも何か哀しみを抱いて生きているのだ。いつも幸せいっぱいの人はいない。梅木の哀しみは何だろう。あの屈辱的な解雇に遭ったことか。もっと他に深い心の闇があるのだろうか。僕にはわからない。コーヒーを持ってゆっくりゆっくり歩く姿は、限りない哀しみがあるのでは、と思うのである。

　結局、あの解雇と入会拒否はなんだったのか、今もわからない。ただ、漠然と感じることは、行政は進化する社会に対応して変わらなければ、その効果はあがらないし、愛媛経済同友会も県内屈指の経済団体として、正しい運営と意識改革が求められる、ということだろうか。

あれから十三年、梅木も中山さんもこの世を去った。そして多数の人たちが退職・退会をした。しかし時代は変わっても、人の心は意外に変わらないことがある。それは人間が持つ宿命だろう。会員ひとり一人がしっかりした意識を持つことが大切である。

さて、梅木のことを書きだすと終わらないが、このあたりで区切りをつけなければならない。

梅木の知り合いの人に会うと、必ず言われることがある。「梅木さん、あなたの会社にいることを自慢しているよ」「いつも楽しそうだよ」。僕は嬉しくなる。本当かな、と少し疑いながらも嬉しい。だが、一番嬉しかったのは海運会社社長のIさんに会ったとき、「梅木さん元気でやっている?」と聞かれた。「元気、元気、何時も楽しくだ」「相変わらず山へムシを取りに行っている?」「毎週行ってるよ」。社長と僕は高校の同窓生で、年齢も変わらないから会えばよく話す。「梅木さんはネ、あなたの会社で働くことをとても喜んでいたよ」「そう、ありがとう」。これは嬉しかった。梅木はI社長にまで話しているのか――。

そんなに心地よいのならいつまでもおれよ。楽しくやろう、と思う。少し大げさだが、僕も彼によって人間の幅ができ、八十代にしていくらか成長したかもしれない。社員もわからないなりにも梅木の影響を受けた。梅木の人柄は結構信用できた。

梅木は嬉々と出社してきた。僕もまた梅木を待った。今度再び大義に反するようなことがあれば、僕は飛び出して行くだろう。頼まれなくても行くだろう。

戒田商事の社員旅行にて（太宰府天満宮、平成30年2月18日）

思うに、わが人生を振り返れば「守る」ことと「攻める」ことの二つしかなかった。守って、守って、守り抜く。攻めて、攻めて、攻めまくる。単純なことだ。しかし梅木を守れなかった。最後の勇気を出せなかった僕の最大の失敗に悔いが残る。今度、妙なことがあれば必ずやるからな。

そんなことを思い、ハッとわれに返る。梅木はもういないんだ。静寂の中、なすこともなし。

―終―

余談

梅木の解雇騒動から十三年。僕は今も忘れない。理屈ではなく、強い感情である。

梅木が亡くなって一ヵ月程して、僕は梅木家を訪問した。まだ祭壇があり、梅木は写真に収まったままだった。亡くなるとは、こういうことか。寂しかった。梅木が亡くなったのは、一ヵ月前、解雇騒ぎは十三年前なのに、なぜか重なってしまう。

あの事件があったばっかりに梅木は亡くなってしまった、と思いこんでしまう。とんでもない思い違いなのに、不思議なことである。

奥さんと話しているとき、小学生の坊やが入ってきた。「おじいちゃんの会社の人よ」と奥さんが紹介すると、ちょこんと頭を下げた。「この子は朝と昼と夜の三回来て、主人の部屋のドアを開けて、『おじいちゃんのバカヤロー、早く帰って来い』と叫ぶんです。夏休みの日課になってしまいました」。僕は声も出ず、胸のあたりから込み上げてくるものを必死で押えた。おじいちゃんが亡くなって葬儀に出た。お墓にも行った。しかし帰って来ない。納得できないのだろう。おじいちゃんはもう帰らないが偉かった。おじいちゃんは社員に無言で二つのことを教えた。一つは、絶対に人の悪口を言わない。批判しない。その人のいいところばかり見つけて褒めた。二つ目は、秘密は絶対に守った。人には知られたくないこと、言いたくないことがある。それらを喋ることはなかった。

お酒は強かった。少し控えればよかったかもしれないが、楽しいお酒の時間が多かった。おじいちゃんは立派な人だった。だから勲章をもらった。誇りにせよ。

中山紘治郎さんは、個性豊かで彼との付き合いは波乱万丈だった。銀行頭取と中小企業の社長の関係を越えた友情であったが、梅木のことで彼は僕を敵視した。僕も会議の席で会うことがあっても目をそむけた。もう中山さんと親しくすることはない、と思っていた。そんな日々の中で総合セキュリティ会社のK会長が声をかけてきた。ある経済団体のパーティのとき、「戒田さん、このままではいかんでしょう。中山さんは寂しい人だから声をかけてあげて下さい」。半信半疑だったが、その言葉に従った。

「お元気ですか」。一言三言話して酒をついでいるうちに、彼の顔がだんだん緩んできた。「来週は銀行にいるから話に来てよ」「いいですよ」「夜、出かけようか」「その方がいいね」。僕も中山さんも笑顔だ。意外な展開だった。それから以前よりも親密になった。旅行が好きな彼に誘われて、よく出かけた。冬景色が見たいと言って、二月の東北や北陸に行った。彼は孤独なロマンチストだった。青森の浅虫温泉で地酒を飲みながら津軽三味線を聞いたのは、今も忘れない。そんなとき学生時代の話をした。自分に大学を続けさせるため、父親が苦労したことを何度も話した。話しているうちに目頭が熱くなっていくのがわかった。

中山さんは大変な努力家だった。愛媛銀行に入行して頭取になるまで辛酸なめつくしただろう。若き日の哀しみは彼の人格形成に影響を与えたかもしれない。しかし彼はそれをバネにして自分を高め、行員の戦闘能力を上げようとしたのだろうか。もしそれならば、もっと早く、もっと近くでアドバイスすればよかった。

「中山さん、山より大きな猪《いのしし》は出てこないよ。どんと構えておいで」

気付くのがあまりにも遅かった。

放送ドラマ集

遠い日への夢

1959年　南海放送

配役

白坂（二十五歳）

浜野（四十歳前）

美子（十三歳）

信子

兵A

兵B

スタッフ

演出

音楽

効果

E　秋の虫の鳴声

浜野　もう、すっかり秋ですね……。
白坂　ええ……。
浜野　静かだなあ……昼間から虫が鳴いている……。
白坂　昨日あたりからよく鳴くようになりました……。
浜野　そうですか……。あなたは、ずいぶん成長されて、昔のおもかげがどこにも見当たらない……。
白坂　（微笑）それはそうでしょう、浜野さんがいたのは十六年も昔のことだから……。
浜野　そうでしたねえ……。あれから十六年ですね
白坂　なにもかも変わってしまいました……。
浜野　失礼ですけど、いくつになられました？
白坂　二十五です。
浜野　そうですか……二十五ですか。

白坂　浜野さんがいた時は、まだ小学校の三年生でした……。
浜野　ああ……思い出しますよ、ランドセルをせおって、防空ずきんをかぶって……。
白坂　（微笑）一度あなたに絵をお見せしたことがありましたね。
浜野　絵を……。
白坂　ほら軍艦の絵ですよ、日本の軍艦が敵の軍艦を攻撃している……。
浜野　ああ、大きな画用紙にクレヨンで描いた絵でしたね。わたしはずいぶん感心して……。
白坂　ええ、すごくほめてくれました。（微笑）そしてあなたの部屋のかべにピンではりました……。
浜野　そうでしたね……あの部屋は……。
白坂　改装して物置にしてしまいました……。雨もりがひどくなってしまって……。
浜野　そうですか……。

Ｅ　虫の声

白坂　浜野さん、あなたがたずねてこられた時、正直に言って最初さっぱり見当がつきませんでした……。

浜野　……なんともおはずかしい次第で……。

（間）

Ｅ　虫の声

白坂　浜野さん、姉は十五年前、戦争の終わった翌年に亡くなりました。

浜野　えっ！　信子さんが……。

Ｅ　虫の声さかんに

浜野　そうですか……信子さんは亡くなられたんですか。

白坂　……その頃、父もフィリピンで戦死したという知らせが来ました……。

浜野　………

美子　（OF）お兄ちゃん、ちょっと。
白坂　なんだい、こちらへおいで。

E　障子の開閉

美子　こんにちは、これどうぞ。
浜野　はぁ……。
白坂　ほう、きれいなみかんだなぁ……。これ美子が買って来たのかい。
美子　ええ、お客様だから。
浜野　いやあ、これはどうも。
美子　さあ、どうぞ。

E　障子の開閉

白坂　（微笑）
浜野　今の子は……。
白坂　妹です……。

浜野　妹さん……。

Ｅ　虫の声

白坂　……嘘を言っても駄目ですね。浜野さんは、家のことをよくご存知ですから……。

浜野　……。

白坂　浜野さん、美子は死んだ姉の子供です。

浜野　えっ！　じゃあ。

白坂　ええ、姉とあなたとの間に生まれた子供です。

Ｅ　虫の声

白坂　美子は、まだなにも知らないはずです。戸籍上は僕の妹になっていますから……。

浜野　妹に……。

白坂　ええ……姉は美子が生まれてまもなく亡くなりましたから……。

浜野　そうですか……。

（間）

白坂　（調子を変えて）兵舎の跡へ行ってみましたか……。

浜野　いいえ、まっすぐお宅へおうかがいしたものですから、まだどこへも……。

白坂　じゃあ、行ってみますか。

浜野　ええ、ぜひとも……。

先程からたずねてみたいと思っていました……。

M　静かにブリッジ

E　波の音（BG）

浜野　何もない……何もありませんね。

白坂　高射砲や兵舎は、あなた達が去ると、すぐアメリカ軍が来て破壊してしまった……。

浜野　そうですか……。

白坂　……あの海岸端に、高射砲が並んでいたのを思い出しますね……。

浜野　ええ……。あ、兵舎の跡はあそこですね。コンクリートで地固めした跡がある……。

白坂　あの建物もアメリカ軍が来て見る見るうちに壊してしまいました……。向こうに小さい池が見えるでしょう。あれが敵の飛行機が落としていった爆弾の跡なんです。

浜野　方々にありましたね。

白坂　ええ、戦争が終わると、埋めてしまいました。あそこは埋め立ての土がなかったんでしょう……知らぬ間に池になっていました。

E　波の音

白坂　……昭和十九年のちょうど今頃でしたね。あなたたちがこの村に高射砲を持ってやってきたのは……。

浜野　そうでした。本土の空襲がはげしくなり始めた頃でした……。

M　軍歌――（FI）（できれば合唱）――（BG）

SE　軍靴の音（数人の）

兵A　浜野中尉、入《はい》ります。（フィルター）

兵B　中尉、準備完了しました。見てください。（フィルター）

兵達　浜野中尉、浜野中尉。（FO）（フィルター）

浜野　日本は今まさに危機である。この危機を救うのは、大臣でも大将でもない。われわれである。われわれのうで一つである。（FO）（フィルター）

信子　浜野さんのおくにはどちらですか……。とっても色が白い、東北かな……。海軍の学校ってどんなところですか。（フィルター）

浜野さん、日本はほんとうに勝つのでしょうか……。（フィルター）

浜野　勝つ、必ず勝つ。戦争が終わればぼくたち結婚しよう。（フィルター）

M　（UP～C）

SE　波の音

白坂　あそこの兵舎には兵隊を入れ、あなたたち将校は、付近の民家に泊まった……。そしてあなたは姉を知った……。浜野さん、あなたはほんとうに姉を愛していたのですか。

浜野　ええ、ほんとうに……。

白坂　じゃあなぜ、今までたずねてこなかったのです……。姉はねぇ、あの終戦のどさくさの中で、美子を育てるために働いたのです。働いて働いて、たおれたのです。一週間程寝ていただけで死にました……。息をひきとるまで浜野さん、あなたのことを言っていました。あなたが仕事に就いて必ず迎えに来てくれるってね……。僕は子供心にもはっきりおぼえている……。ところがあなたは、いくら待っても姉と美子を迎えに来てくれなかった……。いや美子が生まれたことさえも知らなかった……。あなたは姉の苦しみを知らない。終戦と同時にこの土地を去ったあなたは……。どこの誰ともわからない男の子供を産んだといって、姉は隣近所からあざけられていた。僕はそのことも子供心にはっきりおぼえている。そしてだ

浜野　んだん大きくなり、いろんなことがわかってくると、僕はあなたのことをうらむようになった……。
(むせび泣く)

E　波の音が聞える

白坂　泣いておられるんですか……。やめて下さい、今頃そんなこと……。
浜野　……白坂さん、信子さんに対しても、あなたに対しても申しわけのしようもありません。誰にどんなに責められても……。(むせび泣く)
ただ、わたしの体さえまともであったら……。

E　波の音

白坂　失礼ですが、今どんなお仕事をされているんですか。
浜野　……その日暮らしの道路工夫をやっています……。
白坂　………
浜野　……左手の指が二本しかなくても、つるはしだけはなんとか握れますから

白坂　ね。

浜野　……戦争が終わってからずうっと。

白坂　いいえ、これでもいろんなことをやったんですよ。闇ブローカーをやったこともあれば、町工場へ勤めたこともあります。商売もやりました……。

浜野　そうですか……。

白坂　青春を軍隊というものにかけた人間の行く末ですよ。（淋しく笑う）職業軍人なんていうのは、世間はあまり好意をもってくれませんから。ことにわたしのように爆弾で指を三本なくした人間なんてなおさらですよ……。

浜野　……そうですか……。

白坂　（淋しく笑って）……こんな姿では、とても信子さんを迎えにはいけない、もう少しがんばってみよう、もう少しがんばってみようと思っているうちに……。わたしに意気地がなかったばっかりに……。

E　波の音

浜野　浜野さん、僕は少し間違っていたようです……。

浜野　ええ……。

白坂　今更僕は、浜野さんを責めても……。いや、あなたをうらんでも仕方ないことに、今気が付きました。うらまなくてはいけないのは戦争なんだ。

浜野　いいえ、わたしのことは戦争の責任じゃあないんです……。信子さんは、もうこの世には帰ってこない……。

白坂　たしかに姉はこの世には帰ってきません。しかし今あなたをせめれば、あなたは今以上に傷つくでしょう。そして僕も傷つかなくてはなりません……。

浜野　白坂さん、わたしはあなたにそんな言葉をかけてもらえるなんて夢にも思っていませんでした……。

白坂　……浜野さん、僕はあなたにお願いがあります。

浜野　なんでしょうか……。

白坂　僕があなたにこんなことを言うのは生意気なのですが……どこでどう生きていても、平和を愛する心だけは忘れないで下さい。理屈抜きに、ほんとうに理屈抜きに戦争はしたくありません。最近、日本人はどうしたことか

浜野　昔のことを忘れがちです。でも僕は忘れたくないのです。ええ……信子さんを殺してしまったつぐないにも……あの頃のことは忘れません……。その日暮らしの道路工夫であるわたしは、毎日の生活に追われ、今まで気が付きませんでした……。

白坂　美子のためにも、ぜひそうしてください……。

浜野　美子のために……。

白坂　姉のような悲しいことを、美子には絶対にさせてはいけないのです。

浜野　美子……（つぶやく）

白坂　なにも知らない美子も、ほんとうは戦争の犠牲者なのかもしれません……。

Ｅ　波の音

浜野　……白坂さん、あの子にもう一度会わせてくれませんか……。

白坂　………

浜野　大変勝手なお願いで……。

白坂　（はっきりと）いいです。美子は浜野さんの子供ですから。

浜野　そのかわり、一つだけ約束して下さい。

白坂　……

浜野　あなたが美子の父親だと、今は喋らないで下さい。

白坂　はい。

浜野　浜野さんには、酷なことかもしれません。しかし美子はほんとうに何にも知らないのです。だからあなたは、単に僕の知り合いの人ということにしておいて下さい。

E　波の音

白坂　なんだか浪花節みたいですね……。しかし僕は、感じやすい年頃の美子にほんとうのことを言って傷つけたくないのです……。今のままで、そうっとあたたかく育ててやりたいのです……。

浜野　ええ、よくわかりました……。

白坂　ありがとうございました……。その代わり、美子が成長して結婚でもする年頃になれば、ほんとうのことを教えましょう。そのときあなたもあいに

浜野　来て下さい。
白坂　ええ……。
じゃあ、ぼつぼつ帰りましょうか。

（間）

浜野　……白坂さん、今御無理なお願いをしたばかりなのに、もう一つあります。
あつかましいお願いで……。
白坂　なんでしょう。
浜野　（思い切って）信子さんのお墓に参らせて下さい。
白坂　姉のお墓にですか。
浜野　ええ……。
白坂　いいですよ、御案内いたしましょう。
浜野　ありがとうございます。

M　静かにブリッジ

E　秋の虫の鳴声（墓地らしく）（BG）

白坂　ここです、姉の墓は……。

E　墓石の水をかける音

白坂　（つぶやく）夕暮れですね……。風が冷たくなった……。

E　秋の虫の鳴声

浜野　……どうもありがとうございました……。

白坂　……もうよろしいですか……。

姉も喜んでいるでしょう、久し振りに浜野さんに会えて……。

浜野　いいえ、信子さんは怒っておられるでしょう。

白坂　さあ、帰りますか。

浜野　ええ……。

E　秋の虫の鳴声（FO）
　ゆっくりと二人の足音

浜野　信子さんは、わたしをうらんでいたでしょうね。
白坂　別に……。姉はあなたを待っていました……。（調子を変えて）もういいじゃあないですか、そんなこと。さっきあの兵舎の跡で、あなたは僕に約束して下さった。あの一言でいいんです。
浜野　そうでした、しかし……。
白坂　戦争は、どんなことがあっても二度としたくありません。あなたや姉や、美子や、もっと不幸な人たちを作らないために……。

E　二人の足音

白坂　おや、向こうで遊んでいるのは美子だな。
浜野　えっ、美子さん。
白坂　おうい、美子、美子。

美子　(OF) なあに?
白坂　なにをしていたんだい。
美子　お兄ちゃんたちが出て行ってから、直子ちゃんと遊んでいたの。
白坂　ふうん、あのね美子、この方は浜野さんといって、昔兵隊さんでこの村へ来ていた人だよ。
浜野　美子さんていうお名前だったね。さっきはどうもありがとう。
美子　いいえ……。
白坂　美子が生まれる前だよ、浜野さんがこの村にいたのは……。ほら、よく僕が話してやっただろう、海岸端に大きな高射砲がいっぱいあったって……。
美子　ああ、わかった、わかった。その頃いた方ね……。
浜野　ああ、そうですよ。美子ちゃんは何年生?
美子　中学の二年生です。
浜野　ほう、じゃあもうすぐ高校だね。
美子　ええ……。

E　三人の足音

白坂　美子は勉強が大嫌いだから、どっこも通るところがないだろうって、皆んなで言っているんですよ。
美子　ウソよ、ウソ、ウソ。
白坂　アハハハ……。
浜野　(微笑)
美子　おじさんはお家どこ？
浜野　うん、今ね、神戸にいるんだよ。
美子　へえ神戸、わたし行ってみたいな。大きな港に、大きな船がいっぱいいるんでしょう。映画でみたことがあるわ。
浜野　うん……。
美子　ねえ、おじさん、今度行ったらいろんなところへ連れて行ってくれる？
浜野　ああ、連れて行ってあげるよ……。
美子　ほんとう？　高校にパスしたら遊びに行こう……。いい？　おじさん。

浜野　ううん、いいよ……。
白坂　こら美子、あんまりおじさんに無理なことを言っちゃあいけないよ。浜野さんはいそがしいんだから……。
浜野　（なんとなく笑う）
美子　だって美子、ほんとうに神戸へ行ってみたいもの。
白坂　（笑って）ようし、それなら僕が連れて行ってあげよう。
美子　ほんとう？　嬉しい。
浜野　（笑って）安心したね、美子ちゃん。
美子　うん。

――三人は笑う――

E　三人の足音

美子　ねえお兄ちゃん、二人どこへ行ってたの？
白坂　姉さんのお墓まいり。
美子　ふうん、お姉ちゃんのお墓まいりか、美子にお姉ちゃんがいたなんて不思

白坂　議だな。わたしが生まれてまもなく死んだのね。全然知らない。
美子　それはそうだよ。姉さんのことなんか知っていたら、美子は天才だ。（微笑）
浜野　おじさんは、お姉ちゃん知ってたの？
白坂　うん、知ってたよ。
美子　だからお墓参りに来てくれたんだ。
浜野　あっ！　そうか……。ねえ、お姉ちゃんてどんな人だった？
白坂　とてもいい人だったよ。
美子　美子みたいに、おてんばでなかったということだよ。
浜野　いや、知らない！
白坂　（微笑する）
美子　（微笑する）
　わたし先に帰ろうっと。
　E　美子の駆けだす音
美子　（OF）お兄ちゃんのバカ。

白坂　（笑う）
浜野　（笑う）
白坂　……困った奴ですよ。（微笑）でも、あと十年もすれば結婚するような年になるでしょうね。

　　　Ｅ　二人の足音

白坂　（つとめて明るく）あの美子のやつでも、やがて結婚するような年が来るのかと思うと、なんだかおかしくなりますよ……。あいつどんな人と結婚するだろうなあ、想像してみるだけでも楽しくなります。（笑）
浜野　あの子は、いい子になりますね、明るくって……素直で……。
白坂　浜野さん……。
浜野　あの子は幸せですよ……。

　　　Ｅ　二人の足音

浜野　大変失礼ですけど、わたしはここからすぐ帰ります。

白坂　ええ、またどうして……。
浜野　今、わたしは、これ以上なにも言いたくありません。
白坂　しかし、まだ母にも……。
浜野　いや、奥さんには会わない方がいいでしょう。ほんとうに勝手なことだけ言って申しわけありません……。
白坂　……じゃあ、無理におひき止めはしないことにしましょう……。
浜野　……あの子のこと、よろしくたのみます。
白坂　ええ……。
浜野　あの子が結婚する頃はどんな時代になっているでしょうね……。きっと戦争の心配のない平和な世界になっていることでしょうね……。
白坂　ええ、きっとそうなっていると思います。……そうして美子が結婚する頃、また会いに来て下さい……。浜野さん、その時までどうかお元気で……。

M　やや希望のある静かな音楽

流れる水のごとく

1959年　南海放送

配役

岡崎
郁子
忠則
新治
和尚
少年
アナウンサー

スタッフ

演出　平岡英
音楽　谷村弘徳
　　　牛島千代子
効果　久米肇

M　テーマ音楽（ハミングで）下に持って

AN　―― 紹介アナ ――

E　ラジオ（BG）

郁子　ネクタイどれにします？

忠則　それ、青い水玉の……。

郁子　はい……。

忠則　仕事は二週間程度でかたづくと思うが、帰りに仙台の知り合いの家へよるから遅くなるかもしれない。

郁子　いつ頃こちらへお帰りになります？

忠則　まあ来月の中頃だろうな。

郁子　はい……。ああ、お薬お持ちになりました？

忠則　持ってる。

郁子　……胃腸薬……ビタミンは？

忠則　いらない。

E　外で自動車のクラクション

忠則　うん、車が来たんだな。じゃあ行ってくる。

郁子　お気を付けて。

E　玄関の開閉

ラジオはいつの間にかニュースの時間になっている

ラジオ　では次のニュース。岡崎商事の社長、岡崎健夫氏が失踪いたしました。岡崎氏は、半年程前から事業不振を苦にして神経衰弱気味でしたが、五日前に会社から姿を消したまま消息を絶っています。岡崎商事は、終戦後にできた……。

E　ラジオを切る音

郁子　岡崎健夫……岡崎商事の……あの人かもしれない、健夫……。

E　障子をあける音
　電話のダイヤルを回す音

郁子　ああ、もしもし東都タイムスですか……。社会部の松沢にお願いします。……あ、しんちゃん？　わたし。

新治　（電話の声）ああ、姉さんかい。女の人から電話だ、というから期待していたんだがな。

郁子　相変わらずね、お気の毒様。お父さんもお母さんも、みんな元気？

新治　ああ、ピンピンしているよ。で、今日は何だい、急に電話で……。

郁子　ええ、ちょっと聞きたいことがあったの。しんちゃんのところでわからない？　今ラジオのニュースで聞いたけど、岡崎商事の社長が失踪したって。

新治　ああ、今、僕のところで追ってるよ。なにせ彼は戦後、急に飛びだしてきた成り上がり者だけど、やることがすごいんだ。各社さがしているよ。しかし姉さんどうしたんだい？　そんなこと。

郁子　ううん、なんでもないの。で、岡崎健夫ってどんな字？

新治　岡崎の〝岡〟は岡山の岡、〝崎〟は川崎の崎。健夫はね、〝健康〟の健に〝夫〟。

郁子　そう、どうもありがとう。

（間）

新治　姉さん、もしもし姉さん……。

郁子　あっ！　どうもありがとう、じゃあまた。

E　電話を切る音

郁子　やっぱりあの人だわ……。岡崎が行方不明。でも、彼が行く所……あそこしかない。

M　ハミングで静かに

郁子　……わたしが岡崎と一緒に、あそこへ行ったのは、もう十年も前だ……。遠い四国の海の見える静かな小さな町……。あの時、わたしはもう忠則と結婚することになっていた。

E　波の音（FI）

郁子　……静かね、波の音だけ。

岡崎　いつまでもこうしていたいな……。

郁子　わたしも……。

岡崎　うそみたいだな、君が結婚するなんて。

郁子　信じられないわ、わたしも……。

岡崎　俺だって……。なあ郁子さん、俺たち二人一緒になろう。

郁子　ええ！

岡崎　なあ、いいだろう。

郁子　でも、それは……。（間）

岡崎　そうか、君はやはり、あの人と結婚するんだな。君と僕とでは環境が違いすぎる。僕は、家族もない特攻隊くずれだよ。君はお嬢さんだ。

郁子　そんなこと……。

岡崎　君には、お父さんも、お母さんもいる……。

郁子　そう……。父と母がわたしたちの仲を許してくれないわ。

岡崎　特攻隊くずれの俺より、富士工業の重役候補のあの人と結婚する方が誰が見たって、ずっといい……。いくら最後の別れだといっても、こんな片田舎の町まで付き合ってくれたことを、僕は感謝するよ。さあ、お寺へ帰ろう。和尚さん待っている。

郁子　………

E　二人の足音

岡崎　……ここは、僕の第二の故郷だ。いや、ここ以外に僕の故郷はないかもしれない……。今は、こんなに草が伸びて荒れ放題だけど、四年前までは、海軍航空隊の東洋一の基地だった。この上を練習機でよく飛んだなあ……そして、ひまを見つけては、あのお寺の住職のところへよく話しにいった。生きること、死ぬこと……人生のこと……。

郁子　岡崎さん、あの人と結婚するのがわたしの運命。

岡崎　………

郁子　もし、それがわたしの運命なら、今は、今だけはあなたと一緒にいたい。

E　波の音、しばらくあり
　静かに消える

郁子　……あれから十年もたった……。あの晩わたしは岡崎と一緒に過ごした。そして翌朝、一人で東京へ帰り、忠則と結婚した。忠則は、総務課長から業務部長へ、そしてさらに常務へと定められた出世コースを歩んだ。そして、わたしを愛するでもなく、かといって愛さないでもなく、忙しく毎日を送っている。わたしもそんな夫を傍観者のようにながめている……。あれは五年ほど前だった。岡崎が特異な青年実業家として名乗りをあげたのは……。わたしはその時、別に感がいもなかった……。あれでよかったんだと、時々経済新聞や週刊誌で紹介される彼の活躍ぶりを読みながら思った……。しかし今は違う。彼をこのまま放っておくと死んでしまうかもしれないのだ。岡崎は、あの町で自殺してしまうかもしれない……。彼のところへ行ってみよう……。

E　汽笛を鳴らして通過する汽車の音　波の音（BG）

M　ハミングで静かに入り、低く流れる

郁子　……まあいい香り、海の香りって……。飛行場が見える、夏草がいっぱいしげって……昔のままだわ。なにもかも十年前と何一つ変わってはいない……。ああお寺が見えるわ。あそこにきっと岡崎がいる……。岡崎に会ったらわたしは何を話そうか……。いや彼は、わたしを見るとおどろくだろう、そしてきっと昔と同じ調子でこう言うだろう……

岡崎　郁子さん、よく来てくれた。君はあんな男と結婚すべき人じゃあなかったんだ。（フィルター）

M　ハミング　（UP～FO）

E　鐘をつく音

郁子　ごめん下さい、失礼します。
和尚　はい、はい。
郁子　……あのう、岡崎さんはこちらにおられますか……。
和尚　ええ……。はいはい岡崎さんならお見えになっていますよ。で、あなたは？
郁子　わたし十年程前に一度、岡崎さんと一緒にここへ来た……
和尚　（かぶせて）ああ、あんたはあの時のお嬢さん。これはようこそ、じゃあひとつおあがりになって休んでいて下さい。今、飛行場の方へ散歩に行かれましたけん。なに、もうすぐ帰ってこられますわ。
郁子　飛行場の方ですね。わたし行ってみます。

M　ハミングで（BG）

郁子　ああ……。

E　コンクリートの上を郁子が駆ける足音

M　ハミング（FO）

E　波の音（BG）

郁子　岡崎さん。

岡崎　えっ！

郁子　……岡崎さん。

岡崎　君は、郁子さん。

郁子　ええ郁子です。やっぱりあなたはここにおられた……。

岡崎　どうして君は……。

郁子　どうして……どうしてって、わたし何にも考えませんでしたわ。わたしはあなたにお会いしたかったの、ただあなたにお会いしたかったの。

岡崎　……それにしても、よくここがわかったね。

E　波の音

岡崎　……幸せかい？

岡崎 ………

E　二人の足音

郁子 (独白) わたしは、岡崎と何を話しているのだろうか。こんなことはない、こんなはずはない。十年ぶりにあった岡崎と……。

岡崎 ああ、船が出て行く、昨日《きのう》入港したタンカーだな。油を港へおろしてしまったんだなあ……あんなに船足が速い。

郁子 岡崎さん、わたし……。

岡崎 郁子さん、お帰りなさいよ。御主人が心配しますよ。

郁子 いま主人はいませんわ、仕事で北海道に行ってますわ。

岡崎 しかし……。

郁子 わたし、あなたの失踪をラジオのニュースで聞いた時、ただ無性にお会いしたかったの。そしてあなたが行く所は、きっとここだと思ったの。

岡崎 そんなことをして、一体なんになるんですか。僕は、自分の身をかくすのに一番都合のいい所だと思ったから来ただけですよ……。

郁子　ウソ！

（間）

岡崎　……そんな感傷なんかで来たのじゃあない。第一、僕にはそんなことを考えるひまがないよ……。ここでこうやって、ほとぼりがさめるまでいるんですよ。

郁子　ほとぼりがさめるまで……。

岡崎　ええ、一年かかるか、二年かかるかわかりませんがね。

郁子　そんな事をしたら、あなたは社会からほうむられる。

岡崎　（笑って）さあどうかな。僕には覚悟ができているんです。ほんとうなら僕は、とっくに死んでいたはずだ……。十四年前、仲間や先輩は、この飛行場から、敵艦めがけて飛びたっていった。そして、二度とは帰ってこなかった……。

M　予科練の歌（ハミング）（少し前より入っている）

（FI～BG～FO）

岡崎　みんな死んでしまったのだ……日本の栄光を信じて……。自分もその覚悟はできていた。しかし、僕が飛び立つ前に、戦争は終わった。終戦を迎えた時のハタチの若者の状態をわかってくれる人はいない……。

E　二人の足音

波の音

岡崎　故郷へ帰ると、焼野が原の町だ。僕は、そんな中でヤミブローカーを始めた。金は面白いほど儲かった。やがて仲間を集めて貿易会社を始めた。特攻精神というやつでね。

郁子　その時ね、わたしがあなたの会社に採用されたのは……。

岡崎　そうだよ。君はまだ女学校を卒業したばかりだったな。

郁子　そうね、あなたも若かったわ。とても特攻隊にいた青年には見えなかったわ。

岡崎　（ちょっと笑って）金を設けることに夢中になっていたからかもしれない。

郁子　……しかし、よく働いてくれたな。やくざな男の中であなたのようなお嬢さんが。
岡崎　わたしの家は、あの頃流行《はやり》の斜陽族だった……。そのくせ父も母も、格式だの家柄だの、そんなことばっかりいって。わたしもそんな教育をされた、だから……。
（かぶせて）もういいよ、そんなことをいくら話したってきりがない。それより、君は早く家へ帰りなさい……。僕たちがどうして知り合いになったか、どうして別れていったか、そんなことは、今はもうどうでもいいことなんだ。遠く過ぎ去った日のことなんだ……。

E　波の音さかんに

岡崎　おや、今日もあの子供は、釣りに来ているな。おうーい、何を釣っているんだい。
少年　(OF) コチだよ。
岡崎　釣れたかい？

少年　（OF）まだ二匹。

（間）

岡崎　（OF）ほう、大きなやつだなあ。

少年　（OF）おじさんは、昨日もここへ来たな。

岡崎　（OF）ああ来たよ。

少年　（OF）おじさんは、釣り好きか？

郁子　……岡崎は、一人ぽっちだわ……。わたしなどそばへもよせつけないような孤独を身につけてる。（モノローグ）

郁子　……そんなことはもう過ぎ去った昔のことじゃあないですか……。ほんとうに過ぎ去った昔のことだろうか……。たしかに岡崎は、昔の岡崎じゃあない。あのせいかんな目つきはどこにもない。そして昔あれほど燃えた情熱もどこにも見当らない……。

岡崎　ああ大好きさ。おじさんはなあ、子供のときによく釣りにいったんだぞ。あっ！　ひいてるぞ！

少年　ようし、ああチェッ！　逃げた。

岡崎　何してるんだ。どれ、おじさんに貸してごらん……。ようし、これでいい。これでしばらくじっとしておくんだ。

少年　ほんとうか、おじさん。

岡崎　ああ、嘘なんかつくもんか。

少年　あっ！　おじさんひいてるよ。

岡崎　よし、それ！

少年　ああ、大きいぞ大きいぞ、おじさん、ありがとう……。

岡崎　(OF) 郁子さん、こちらへ来てみませんか。
少年　なんだ、おじさん、おばさんと一緒だったのか。
岡崎　うん……どうです、大きいでしょう、これ。
郁子　ええ……。
少年　おばさん、さわってみなよ。ほれ、ぴくぴくしている……。
郁子　ほんとうね。
少年　これ、向こうへ持っていって泳がしてみよう。
岡崎　逃すんじゃあないぞ。
少年　うん。

E　少年のかけて行く足音

岡崎　(大声で笑う)
郁子　(苦笑する)
岡崎　郁子さん、御主人が出張から戻られるまでにお帰りなさい。
そうだ、今夜の急行にお乗りなさい。明日の夕方には、東京へ帰れますよ。

E　二人の歩く足音（しばらく続く）

波の音（BG）

岡崎　みてごらんなさい、この蒼い海を。素晴らしいじゃあないですか。こんな所でこうして海をながめていると、都会であくせく働いているのがバカらしくなりますよ。

郁子　……ええ……。

岡崎　あの島は、三和島っていうのだけど、こちらと島の中間当りは、ひときわ蒼いでしょう。昔、戦闘機に乗っていた時ね、上空から見ると、蒼く深く透んでいるのがあざやかに見えるんです。僕は、その上を飛ぶたびに、このまま海の中へ突っ込んでしまいたい誘惑に何度も駆られましたよ。でも思い直しましたね。あの海へ突っ込んでしまったら二度と帰ってはこれない。わかりきったことですがね。そう思って思い直したんです。でも人間、誘惑に駆られるっていうことはいいことですよ。いろんな誘惑に駆られるからこそ、人間は生きていけるんです。

郁子 ……蒼い深い海、蒼い深い海の中へ突っ込んでみたい……。

岡崎 郁子さん、ほんとうはね、ここへ来たこと、やっぱり君のことが思い出したかったたんです……。人間って、苦しい時に、過去の楽しかった思い出にひたってみたいものなんです。

岡崎 ……僕たちは、もうお互いにいい年じゃあないか。なにをどうすればいいか、どんなにしているのが一番いいのか……。

E　二人の足音
　　波の音

郁子 (もうお互いにいい年じゃあないか……。お互いにいい年)

岡崎 ……ああ、僕はこちらへ来てね、柄にもなく詩を読んだりしているんですよ。……ええ、高校生の住職の息子さんが貸してくれたんだけどね……その中にこんなのがありましたよ。フランスのアポリネールとかいったかな、ずい分気に入っているんですよ。

ミラボー橋の下をセーヌ河が流れ
　われらの恋が流れる
わたしは思ひ出だす
悩みのあとには楽しみが来ると
　日も暮れよ、鐘も鳴れ
月日は流れ、わたしは残る

手に手をつなぎ顔と顔を向け合おう
　かうしていると
二人の腕の橋の下を
疲れたまなざしの無窮の時が流れる
　日も暮れよ、鐘も鳴れ
月日は流れ、わたしは残る

流れる水のように恋もまた死んでゆく
　恋もまた死んでゆく
命ばかりが長く
希望ばかりが大きい
　日も暮れよ、鐘も鳴れ
　月日は流れ、わたしは残る

日が去り、月がゆき
　過ぎた時も
昔の恋も二度とまた帰って来ない
ミラボー橋の下をセーヌ河が流れる
　日も暮れよ、鐘も鳴れ
　月日は流れ、わたしは残る

（「ミラボー橋」堀口大学訳『アポリネール詩集』新潮文庫）

郁子　……（流れる水のように、恋もまた死んでいく……日が去り、月がゆき、過ぎた時も、昔の恋も二度とまた帰って来ない……流れる水のように）

岡崎　人生は、流れる水のようなものだと思いますよ。もし、その水をとめたり、逆に流したりすると、人生は混乱するばかりです……。

郁子　（少し間があり、思い切ったように）わたし……帰りますわ。

岡崎　そうですか。

郁子　（ちょっと笑って）ええ……じゃあ。

岡崎　お元気で……。

郁子　あなたこそ……いつ頃でしょう、あなたが東京へ帰られるのは……。

岡崎　さあ……ほとぼりがさめたら、仕事、始めますよ。なあに、一文なしのヤミ屋からたたきあげた僕ですよ。

郁子　がんばって……。

岡崎　ありがとう……。

郁子　……最後に、お願いがあるの……。

岡崎　なんですか。

郁子　わたしは、ここからまっすぐに停留所へいきます。わたしの足音が聞こえなくなるまで、わたしの方を見ないで下さい。

岡崎　それまで海を見ていましょう。あなたの足音が聞こえなくなったとき、僕は全てを忘れます。あなたもこの波の音が聞こえなくなったとき、全てを忘れてください。

郁子　ええ。じゃあ、さようなら。

岡崎　さようなら……。

Ｅ　郁子が足早に立ち去る音

Ｍ　ハミングで終了　音楽（少し前より静かに入っている）

古き町にて

1959年　南海放送

配役

福井　下村たかし
沢枝　石川佐代子
則子　岡田みどり
女優A　中矢公子
女優B　玉柳博子
女中　岡田幸子

スタッフ

演出　池内央
音楽　谷村弘徳
効果　久米肇

E　劇場の雰囲気（BG）
場内マイク（女）
「ではここで、作者福井義也より皆様に御挨拶申し上げます」

E　拍手

福井　福井義也です。わたしはこの五月で四十五歳になりました。処女作「川かぜ」を発表して劇作家として出発しましたのが二十五歳のときでしたから、まがりなりにも二十年間、芝居を書き続けたわけですが、今、歩んできた道を振り返りますと、これといったいい仕事も満足する仕事もしていない気がします。しかし決してあきらめることなく、また満足することなく芝居を書き続けていきたいと思っております。今の作品よりは次の作品と、一つ一つほんとうに真心こめて書いていきたいと思っております。

E　再び高い拍手の音
CFして自動車の音

E　以降車の中の感じで（BG）

女優A　ああ疲れちゃった。

女優B　わたしも……。こう強行軍ではね。

女優A　その点先生はいいわね。昨日来られたんでしょう。

福　井　うん。

女優B　ここには何泊される予定ですか。

福　井　さあ……今のところははっきりしていないんだが……。いろいろ調べものがあるから、まあ二週間ぐらいかな……。

女優B　うらやましいわ、わたしも作家になればよかった。

福　井　（笑って）それじゃあ、まるでわたしがいつも遊んでいるみたいだね……。あなたたちはこれから……。

女優A　明日、午前中に出発します。

女優B　地方回りは嫌ね。大阪、岡山、高松、松山、明日は九州。一日だって休めないもの。

福井　大変だね。せいぜい体に気をつけて。

E　自動車は、ブレーキをかけて止まる
　警笛を鳴らす

女中　お帰りなさいませ。
福井　ああ、すぐ食事にするから。
女中　はいかしこまりました。ああそれからお客様が……。
福井　お客さん？　疲れているんだがなあ……。
女中　すみません。
沢枝　(OF～ON) 福井先生、福井先生ですね。
福井　ご用件は？　女優になりたいとか、書いたものを読んでほしいとか、だったらおことわりするよ。
沢枝　どちらでもありません。
福井　じゃあ、なに……。
沢枝　(かぶせて) なんでもありません。先生のお顔を真正面からよく見たかっただけです。失礼しました。

福井　ああ、君。

沢枝　(OF) さようなら、失礼しました。

福井　……失敬な子だ。

女優A　なんですの先生？

福井　(苦笑して) さあ……こちらには少し変わった子がいるのかもしれない。アハハハ……。

女優AB　(二人は笑う)

M　ブリッジ

E　小鳥の声

沢枝　(OF～ON) 福井先生、散歩ですか？

福井　………

沢枝　夕べは失礼しました。

福井　……ああ君か。

E　二人の歩く足音

福井　今日はまた、なにかわたしに……。
沢枝　いいえ別に、わたしも散歩していたんです。偶然ですわ。
福井　ほう偶然ね。じゃあわたしについてくるのはやめてくれないか。それともまた偶然かね。
沢枝　さあどうかしら……。先生はこの町にある民話を取材して戯曲を書かれるとか。この間新聞で読みましたわ。
福井　まあそうだけど……。
沢枝　わたし園沢枝っていいます。なんだか女優みたいな名前でしょう。でも演劇には興味ありません。
福井　用がないのだったら向こうへ行ってくれないか。わたしは一人で散歩したいんだ。

（間――　足音が聞こえる）

沢枝　不思議だ。霧の中を歩くのは
どの茂みも石も孤独だ
どの木にも他の木は見えない
みんなひとりぼっちだ
福井　なんだい……。君は人の迷惑を考えないのかい。
沢枝　（全然無視して）
わたしの生活がまだ明るかったころ
わたしにとって世界は友達に溢れていた
いま霧がおりると
だれももう見えない
（「霧の中」高橋健二訳『ヘルマン・ヘッセ詩集』新潮文庫）
福井　……それはヘルマン・ヘッセの詩だね。
沢枝　そうですわ。先生お好きですか。
福井　……まあね……。
沢枝　先生、わたし竹野内則子の娘です。

福井　えっ！　竹野内……。

沢枝　（かぶせて）先生がこの町へ来られることを新聞で知った時、わたしはかつての母の恋人であったあなたに会ってみたかったのです……。

福井　則子さんの……君は則子さんの娘さんだったのか……それでお母さんはお元気で……。

沢枝　亡くなりました。三年前に。

福井　ええ！　亡くなった。

沢枝　……わたし名乗らないつもりでしたが、先生とお話ししているうちにとってもいい方だと思ったから……。

福井　……則子さんがこの町にいたとは知らなかった……そして亡くなっていたことも……。

沢枝　母が亡くなった時、わたしはまだ高校生でした。……でもわたしは、先生と母とのことは知っておりました。母は胸をわずらって、毎日寝たり起きたりの生活でしたが、少しだけ先生のことを話してくれました……。そう……。あの日はちょうど学校が冬休みに入った日でした……。わたしはお庭の落ち葉をかき集めて、縁側で燃やしていたのです……。そのとき、母が急に起きてきて「一緒に燃やしてちょうだい」と古くなった日記帳とヘッセの詩集をわたしに渡したのです。詩集には「則子さんへ　義也」と大きな字で書いてありました……。わたしがぼんやりしていると母は再び念を押し、家の方へ入っていきました……。わたしは母がいなくなるとその日記を読んでしまいました。

福井　……それでわたしのことを知ったの……。

沢枝　ええそうです。それからしばらくして母は死にました……。今考えると、母が日記を焼こうとしたのは、死の予感がしたからでしょう……。

あら、もうこんなところまで来てしまったわ……。じゃあわたしここで失礼します。

E　駆けていく足音

沢枝　(OF)ああ先生、わたし、この町にある大学の国文科の学生なんです。民話を研究されるのなら、大学の資料室へ行けばいいわ……。さようなら。

福井　ああ君！

M　静かに入り場面転換

E　墓場

遠くからかすかに波の音が聞こえる（BG）

墓石に水をかける音

沢枝　こんにちは、お母さん……。久しぶりね。……今日は、波の音がよく聞こえるね。雨が降るのかしら……。お母さんよく言ってたでしょう。波の音が近くに聞こえる日は必ず雨が降るって……。まあそんなことより、今日はお母さんに重大な報告に来たの。それは重大なこと。お母さんびっくりするわ……聞いてる？

（間――　波の音が聞こえる）

則子　（以後、フィルターをかけてゆっくりと）……聞いていますよ。そんなにもったいぶらずに早く言ってごらん。

沢枝　あのねお母さん、わたし逢ったわ。
則子　誰に？
沢枝　お母さんの恋人に。
則子　えっ！
沢枝　お母さんの恋人だった劇作家の福井義也さんに。
則子　……そう……あなたはなにもかも知ってたのね……お母さんの日記を読んでしまったのね。
沢枝　……ごめんなさい。
則子　いいのよ。沢枝ちゃんの未来のために……。で、どうだった？　義也さん。
沢枝　とっても感じのいい方。なんとなくお母さんが好きになりそうなタイプの人だな、と思っちゃった。
則子　（笑って）バカねえ……。
沢枝　……わたしも好きだわ、あの方……。
則子　沢枝ちゃんは、お母さんをうらんでる？
沢枝　ううん、うらんでなんかいない……。子供の頃はお母さんはわたしをだま

則子　していたと思って少しはうらんだわ。でも今は全然よ。
……そうよかった……。お母さんは死ぬまで、あなたと亡くなったお父さんをだまし続けたのだから……。別れたとはいえ、お母さんの心は義也さんのものだったの……。
沢枝　……人生っていろんなことがいっぱい起こるものね……。
則子　そうよ……いろんなことがいっぱい起こるわ。でも幸福はしっかりとつかまなくてはだめよ。
沢枝　……ええ、わかるわ……。
あら、雨だわ……。

E　雨の音（FI）

沢枝　わたし、かさ持ってないの……。お母さん悪いけどもう帰るわよ……。さようなら、また来るわ。

E　雨の音しきりに

E　波の音が静かに（OF）
雨の音しきりに（BG）
障子を開ける音

女中　お呼びでございますか。

福井　ああ、すまないけどこの手紙を出してきてくれないか。行こうと思ったが雨が……。

女中　はい。これですね、かしこまりました。

E　障子を閉める音

福井　この雲行きではやみそうにもないなあ……。
あの時も土砂降りの雨だった。

M（BG）

則子　お別れしたっていいのよ。遠慮なんかしなくていいの……。

福井　ほんとうに僕は自分勝手な男だ。しかし……。

則子　（かぶせて）もうなにも言わなくていいの……。でも、これだけは約束してね。きっと立派な劇作家になるって。

則子　芸術家への道ってきびしいのね。わたしにはよくわからない。

福井　僕だってよく考えたんだ。君と平凡に暮らす方が幸福じゃないだろうかって……。しかし、やはりだめなんだ。僕が君を愛し、君が僕を愛してくれたら、僕の心は平凡な幸福に満たされるかもしれない。しかし僕はものを書く意欲がなくなってしまうかもしれない。こわいんだ、それが……。

則子　……どこまで歩いたってだめだわ。ここでお別れしましょう。

福井　……ああ……。

則子　じゃあ、さっき言ったことだけは守ってね。立派な劇作家になるっていうこと……さようなら。

M　静かに続き（時の経過）

女中　(OF) このお部屋です、どうぞ。

沢枝　（OF）福井先生、入っていいですか。わたし園です。

E　障子を開ける音

沢枝　こんにちは。この間は失礼しました。
福井　君らしいね。突然訪ねてきて。障子の外から声をかけるなんて。
沢枝　ウフフ……。あら、お仕事中でしたの。
福井　いやもういいんだ。
沢枝　そうですか……。
福井　今日はなにか？
沢枝　いいえ。別になにもありません。ただなんとなく。
福井　そう……。わたしはこの町へ来てよかったよ。めずらしい人に逢えて……。
沢枝　めずらしい人。そうですね、先生から見れば。
福井　……君は、若い頃の則子さんによく似てる。
沢枝　そうかしら。お母さんが若い時ってわたしみたいだったのかしら。
福井　（苦笑して）だけどもう少し素直だったよ。

沢枝　先生に対してでしょう。でもわたしはちがうの。
福井　……君はわたしをうらんでるのかい？
沢枝　さあどうかな……ある意味ではすごく感謝しているわ……。先生がお母さんをすてなかったら、今のわたしは生まれていないのだから。
福井　皮肉かい。
沢枝　……でも、お母さんの気持ち、わかるような気がするわ……。好きだわ先生のようなタイプ……（早口につぶやく）。
福井　えっ！

――間――

福井　……君に逢った時から頼もうと思っていたことなんだが、帰るまでにお母さんのお墓参りをさせてくれないか……。
沢枝　母の墓参りですって。
福井　うん……。わたしは今でも時々則子さん……いや、君のお母さんのことを思い出すことがあるんだ……。

沢枝　……お母さんと別れてからずっと一人なの？……
福井　一人だ……。
沢枝　お母さんと別れてから恋人できなかったの？
福井　則子さんと別れてから出逢った人はいる。しかし、いつも一緒にならなかった。
沢枝　御自分の芸術をまもるために……。
福井　そう……。
沢枝　エゴイスト！
福井　……
沢枝　ごめんなさい。先生は立派なお仕事をされているんだからそれでいいんだわ……。
　　　母の墓まいりは、わたしが先生のかわりにしておくわ。母はきっと喜ぶわ。
　　　母との約束を立派にまもって、大劇作家になられたんですもの。
福井　……そうかい……。
沢枝　それより先生、市内をご案内しましょうか。

福井　うん……。まだゆっくり町を見ていないからお願いしようかな。

沢枝　じゃあ。明日また来ます。

福井　明日が楽しみだ。（明るく）

（二人は軽く笑う）

E　市内を走る観光バス（ガイドの声が入っている）

福井　……君にはほんとうにいろいろ世話になったなあ。おかげで、思っていたよりずっと面白い調べものができたよ。

　……。

沢枝　おまけに観光ガイドまでしてもらって。

E　ミュージックサイレンの音さかんに――

福井　いい音だねえ……。

沢枝　ミュージックサイレンですわ。もう六年程前にできたんです。

福井　時刻を告げるのにミュージックサイレンか……。いかにもこの町らしいね

沢枝　……。

　　わたしの友達が言ってました。どこで暮らしていても、どこを旅していても、このミュージックサイレンで故郷のことを思い出すって……。

E　喫茶店（BG）

福井　ここへはよく来るの？。

沢枝　ええ、まあ常連よ。だってちょっと感じいいでしょう。

福井　うん……。

沢枝　先生お嫌い？

福井　嫌いじゃあないよ。

沢枝　じゃあ安心した。

ウエイトレス　いらっしゃいませ。何にいたしましょうか。

福井　君は？

沢枝　わたしコーヒー。

福井　じゃあ、わたしもコーヒー。

M　ブリッジ（できるだけ短く）

E　街のノイズ（BG）

福井　ゆっくり見ると夜の街っていうのもいいね。静かで……実に落着いている。

沢枝　昔のことはよく知りません。でも落着いた城下町だったと……母からよく聞かされましたわ。……先生いつ、お帰りですか？

福井　明日、帰るつもりだ。九州に巡演にいっている劇団の連中が明日の船で帰るって知らせてきたから……東京まで一人で帰るのは退屈だから一緒に帰ろうかと思って……。

沢枝　……そうですか……。

福井　帰ったらいいもの書けそうだ。

沢枝　……立派なお仕事して下さい……。

福井　うん、ありがとう……それから、君に一つだけお願いがあるんだ。

沢枝　なんですか。

福井　……お母さんの……。

沢枝　（かぶせて）お母さんのお墓参り、それだったら前にも言った通りおことわりよ。

福井　……どうしても。

沢枝　ええ、どうしてもよ。

福井　……そうかい。じゃあ仕方ない。

沢枝　母には、先生は立派な方ですってもう一度報告しておきますわ。

福井　君……。

E　遠くで波の音（BG）

沢枝　……お母さんこんにちは。今日はいいものを持って来たわ。はい、きれいでしょうこの花。夕べね、福井先生と一緒に街を歩いていた時、先生は急に思い出したようにこの花をお買いになったの。そしてお母さんにあげて下さいって……。これ全部カーネーションよ。お母さんが若い時好きだった花。わたし知らなかった……。

則子　……（以後フィルター）……あの方が下さったの……そんなに沢山……。

沢枝　お母さん、嬉しい？
則子　（静かに笑って）……沢枝ちゃん、あの方わたしに逢いたいって言わなかった？……
沢枝　……
則子　……言ったのね。そうでしょう？
沢枝　ええ……。
則子　お母さんにはよくわかるの……で、なぜわたしに逢わせてくれなかったの？……
沢枝　……それは……。
則子　言えないの？　じゃあお母さんが言ってあげましょうか……。沢枝ちゃんはあの方が好きになったのでしょう。だからお母さんに逢わせるのが嫌だったんでしょう？
沢枝　お母さん……。
則子　いいのよ。あなたに好きな人ができたっておかしくないわ……。ひょっとしたら、あの方もあなたが好きだったかもしれないわ……。でもね、沢枝ちゃん。あなたが人生でめぐり逢う人は、まだ他にいくらでもあると思うわ……。

沢枝　そんなことわかってる……。

則子　そう……それならいいわ、お母さん安心した。

E　遠くで汽笛

沢枝　あっ！　船が……。お母さん、福井先生あの船で帰るのよ、あの船あんなに向こうの方……。見えて？　あの方あの船に乗っているのよ……。さようなら……さようなら。

E　再び遠くで汽笛　波の音

船の音（BG）

福井　……いい町だった……静かで落着いたほんとうにいい町だった……。

（静かに終了アナ）

遠い日々の歌

1960年　南海放送

配役

入岡杏子

津川昇平

医師

看護婦

車掌

スタッフ

演出　平岡英

音楽　谷村弘徳

効果　谷口肇

M　テーマ音楽

AN　——紹介アナ——

E　市内電車の音——　止まる

車掌　護国寺、護国寺、駕篭町《かごまち》経由上野公園須田町行き、音羽町、江戸川橋方面の方はお乗りかえ願います。お降りのお方はお早く願います。

E　人の降りる音

車掌　ございませんか、発車。

E　電車は去る。街のノイズ盛んに
　コツコツと人が歩く足音（FI）
　だんだん街のノイズ遠ざかり、やがて足音のみ——　止まる

津川　……昔のままだ、何もかも昔のままだ……寺の前にある青い電話ボックス、

なにかを威圧するような堂々とした正門……そしてこの石畳。お寺の中にある保育園……なにもかもあの時のままだ……。

E　再び靴音（二、三歩歩む）

M　回想的なものが静かに入る

津川　……もうずいぶん昔のことだ。わたしが松山の高校を卒業して、演劇を勉強するために東京へ出たのは……。あの頃は楽しかった。希望に燃えていた……。苦しいアルバイトもなんとも思わなかった。

E　玄関をあける音

津川　ごめん下さい。あのう入岡杏子さんは、こちらですか。

入岡　（OF～ON）はあい、入岡ですけど。ああ本屋さんね、御苦労さん。

津川　ええ、高崎書店からまいりました。これ「西洋体育史」に「教育ダンスの方法」。

入岡　どうもありがとう、いくらかしら？

津川　二冊で五百三十円いただきます。
入岡　そう……はい、これ。
津川　どうもありがとうございました。
入岡　……ああ、失礼だけどあなたは……。
津川　高崎書店の者ですが。
入岡　（かぶせて苦笑しながら）それはさっき、聞いたわ、東京の方？
津川　いいえ、半年程前に出てきました。松山の出身です。
入岡　（かぶせて）やっぱり。わたしもそうなのよ。あなたより二つ先輩。あなた
演劇部にいたでしょう。
津川　ええ……。そう。
入岡　やっぱりね。わたし、あなたが舞台にいるのを見たことがあるわ。なん
だっけ、ちょっと忘れたけど。ほら、ごつい農村劇だったわ……。あなた
が東京から帰ってきたアプレの大学生になって、わたしのクラスメート
だった遠藤さんがお姉さんになって……。
津川　ああ、「つちくれ」……。

入岡　そうそう思い出したわ、「つちくれ」ね、あなた上手だった……。

津川　（苦笑して）いやだなあ……。そういえば僕、あなたのこと思い出したよ。ダンス部にいたでしょう？

入岡　ええ、いたわ。

津川　それから、僕が高校に入学した時、あなたに視力を測ってもらった。

入岡　ほんとう？　……わたし体育委員していたから、新入生の身体検査を手伝わされたわ、その時ね。やはり世間はせまいものね、つくづく感じちゃうわ。

津川　ほんとうだなあ……。僕も正直言っておどろいた。

入岡　わたし入岡杏子です。東都女子大の三年よ。専攻は体育。学校に出ている以外は、たぶんここにいるから、ひまな時遊びに来てね。

津川　ええ……。僕は津川昇平です。高崎書店勤務と言いたいところだけど、それはアルバイト。ほんとうは、劇団「白鳥座」の研究生。

入岡　へえ……やっぱりあなたは演劇をやっているのね。

津川　（笑って）ええ、夢はすてず、です。まだ少し配達がありますから、帰ります。

入岡　あら、ひきとめて悪かったわね。今度ひまな時遊びにいらっしゃいよ。

津川　ええ、じゃあさようなら、ありがとうございました。

入岡　(笑って)さようなら。

M　時の経過をあらわす

E　音楽とCFして街のノイズ

遠くで電車が止まり「護国寺、護国寺……」車掌の声が聞えたりする

入岡　十分遅れ。時間は正確に。

津川　ケイコが少し長びいて、どうしても出られなかったんだ。大急ぎで走ってきたんだ。ほら、こんなに汗をかいてしまった。

入岡　(笑って)じゃあ許してあげる。あら、あなたハンカチ持ってないの?　これ、お使いなさい。

津川　ありがとう……。

入岡　ハンカチはいつでも持っているものよ。

津川　ああ、わかった。

入岡　……護国寺……いいなあ、ここは。

津川　そうね、わたしの下宿は音羽町だし、あなたのアパートは大塚だから、ちょうど真ん中あたりね。

入岡　ここはいいよ。ここで会って、話せば金がいらない。

津川　（吹き出す）ほんとうね。

（吹き出す）

E　静寂の中にコツコツという靴の音（BG）

津川　……さっきからわたしは、何度寺のまわりを回っただろうか……。あの頃も彼女と一緒に何回も回った。

E　足音（FI）

杏子のハミングが静かに入ってくる

入岡　（しばらくして）……研究生って、いう生活は、もう終わりね。

津川　ああ、卒業公演が終わったら、いよいよ正式の劇団員になれるんだ。
入岡　そう、楽しみね。
津川　見に来てくれるかい、卒業公演。
入岡　ええ、勿論《もちろん》いくわ。
津川　ありがとう。はりきってやるよ……。
　でも座員になっても同じだ。今までのバイト生活とちっとも変わることがないもの……一流の役者になるまで後何年かかるかなあ……。まだまだ遠い先の話だ……。入岡さん、卒業したらどうするの？
入岡　わたしは、前にもお話ししたように、大学院へのこって勉強続けるわ……。そして日本に新しい創作ダンスを創りあげるの……。それがわたしの夢。
津川　すごいよ。入岡さんが考えていること……。日本に新しいダンスを創る……。やがて入岡さんが創ったダンスを、全国の小学校や中学校や高校の生徒たちが踊るようになるんだな。
入岡　バカね、そんなに簡単にいくもんですか。わたしの夢よ。それよりあなたの方が素晴らしいじゃないの。舞台にテレビに映画に大活躍する日がもう間近に迫っている。

津川　なに言ってるんだ。そんなに簡単にいくもんか。

入岡　あら、わたしと同じことを言ってる（二人は笑う）

津川　でもお互いに、がんばろうね。例え夢に終わってもかまわない。一生懸命やろうね。

　　ああ。

M　希望にあふれるような音楽が少し前より入っている
　　――そしてここでUPになりDown

E　靴音

津川　……そうだあの時、わたしは彼女に誓ったのだ……わたしはどんなことがあっても一流の役者になるって……。そしてわき目もふらずに無茶苦茶に勉強した。そのかいがあって、舞台にも、またラジオやテレビにもほんのわき役ではあるが、時々顔を出すことができるようになった……。一方、彼女の方は大学を卒業すると、予定どおり大学院へ進んだ……。

わたしたちはお互いにはげましあい、希望にみちて勉強にはげんだ……。しかしわたしの夢は、思いもよらぬところでつまずいた……。

E　病院の待合所

看護婦　岡倉さん、永井さん、こちらへ入って下さい。それから津川さん、津川さんいらっしゃいますか……。ああ津川さんですね。この廊下の突き当たりのすぐ左の部屋へ行って下さい。

（間）

E　ドアの開閉

医　師　ああ、津川さんですね。あなたは熱が出たり咳が出たりすることはないかい？

津　川　はい、いっこうに……。

医　師　うん……この写真を見ると、左の肺が悪いんだよ。

津　川　えっ！

医師　なあに、大したことはないんだ。今、治療すればすぐよくなるよ。

津川　……

医師　……たしか舞台俳優だとか言ったね。どんな生活をしているの？

津川　……どんな生活って……午前中はいろいろなアルバイトをして、夜は練習したり、時々ラジオやテレビに出るため放送局へいったりしています。

医師　だめだよ、そんな生活は。この病気は、不規則な生活をするのが一番いけないんだ。そんな生活を続けていると、一年もすると大変なことになる。くにへ帰って、ゆっくり療養するんだな。

M　――不安をあらわすものか（CI）

（CF）して東京駅のノイズ（BG）

発車のベル

駅のマイク

「十五番線、下り急行『瀬戸』号、まもなく発車いたします。お見送りの方は、危険ですからおさがり下さい。宇野行急行『瀬戸』号まもなく発車します」

入岡　何度も言うようだけど、気を落としちゃあだめよ。

津川　ああ、わかってる……。

入岡　なんだか元気がないのね、半年か一年すればまた出て来れるじゃないの。

津川　ああ……。がんばるよ。

入岡　ええ、しっかりね。わたしもひまをみて帰るわ。

津川　ありがとう……。

入岡　お手紙書いてね。

津川　うん、さようなら。

入岡　さようなら……。

E　汽車の音

(CF)　して時の経過をあらわす音楽

小鳥の鳴き声

入岡　桜も、もうすぐ満開ね。久しぶりだわ、くにへ帰ってきたの……。このお城に来たりするのは何年ぶりかしら……。
津川　ほんとうだ、僕も何年ぶりだろう。
入岡　体の方は、もういいの？
津川　ああ、もう三ヶ月もすれば、完全に回復するらしい。
入岡　そう、よかったわね。
津川　東京から一人で帰ってくる時、もう死んでしまうのでは、と思ったな。
入岡　（笑って）気がよわいのね。
津川　しかし、小さい時から病気にかかったことなかった。だから、おそろしかったよ……。でも入岡さんが東京で待っていてくれると思ったら、なおるような気もしたな。
入岡　（笑う）
疲れない？　あそこのベンチで休もうか。
津川　ああ、大丈夫だ。
入岡　そお……こちら向いてごらんなさい……。ほんとう元気そうだ。夏頃には、

津川　また東京へ出てこれるわね。

入岡　ああ、いくよ
　　不来方《こずかた》のお城の草に寝ころびて
　　空に吸はれし
　　十五の心。ああ、いい気持だ。

津川　石川啄木ね。

入岡　病気で寝ている間に読んだんだ。

（間）

津川　わたしね……結婚しようと思うの。

入岡　ええ、冗談言わないで。おどろくじゃあないか（少し笑いながら）。

津川　冗談じゃあないの。ほんとうに結婚するの……。だからその準備で帰ってきたの。ごめんなさい、黙っていて……。

入岡　でも、あなたには、なかなか言えなかったの。

津川　ほんとうなんだ。もういいよ。

（間）

入岡　……わたしね、あなたが帰る少し前にその人と知りあったの……。その人ね、今博物館へ勤めているの。歴史学者になるんだって。そしてわたしにも勉強を続けなさいって言ってくれるの。

（間）

津川　……おめでとう……さっきはごめん……からかわれているんだと思って……。

入岡　ううん（笑う）。

津川　じゃあ、もう逢えなくなるね。

入岡　あら、どうして？

津川　結婚してしまったら逢えなくなるよ。

津川　（OF）あっ、ここからだったら学校が見える……。なつかしいなあ……。あれ、工事している……。そうだ体育館を新築するって、近所の高校生が言っていたなあ……。

（間）

津川　……入岡さん、僕はもう少し早く生まれてくればよかったよ。（OF）

入岡　どうして……。

津川　……

入岡　ねえ、どうして？

津川　（OF）……もう少し早く生まれていたら、僕はあなたにプロポーズしたよ。

入岡　ありがとう……心にしまっておくわ。

E　静寂の中に靴音（BG）

津川　それから彼女は結婚し、わたしの前から去っていった。そして今では「体育教科指導」とか「新保健体育」などという一流の専門雑誌に論文を発表しているのを、時々書店でみかける……。
一方、わたしの方は思ったようには回復しなかった。わたしが健康をとりもどしたのは、それから一年目の春がきた時だった……。しかし、上京して芝居をやったりするのはとてもできる体ではないと医者にとめられた……。わたしは、生まれ故郷の町で商事会社に勤めるサラリーマンになった。そして平凡に日々を送っている……。

東京出張になった時、護国寺に行ってみよう、と思った。やはり来てよかった。あの頃、彼女はわたしよりずっと大人だったのだろう。しかし少しばかりわたしに愛を感じていたのだろう……。今もわたしの心に甘酸っぱい思いが残っている。それは青春の一ページとして甘く深く切なく……。明日は日東商事にいかなければならない……。

E　靴音はだんだん小さくなり、街のノイズが入ってくる。
　そして最後に市内電車の音などさかんで
「護国寺、護国寺………」
　という車掌の声もかすかにきこえる

――終了音楽――

――終了アナ――

雨

1959年　南海放送

配役

男（二十二歳）
女（二十七歳くらい）
酔った客（男）Ａ
酔った客（男）Ｂ

スタッフ

演出　池内　央
音楽　谷村弘徳
効果　久米　肇

E　土砂降りの雨の音（BG）
　自動車が警笛を鳴らして通過する

男　よく降るなあ……。
女　何時？……
男　十時前……。

E　雨の中を二人の歩く足音

女　（せきをする）
男　もっとこちらへ入れよ。
女　ええ……。（再びせきをする）

E　自動車が通過する

男　駅まで車に乗ろうか。
女　いいわ……歩いて……もう最後じゃないの……こうして歩くの。

男　……そうだなあ……いよいよお別れだなあ……。

女　別れってさみしいものね。初めて知った。

男　俺も……。せいぜい幸せに……。

女　……汽車は十一時二十分ね。

男　ああ、それに乗れば明日はもう神戸だ……。

女　そうして船でブラジルね……。あなたはもう帰ってこない……。

男　……ブラジル……。

女　なぜ移民なん？　どうしてする気になったの？

男　さあ……わからない。自分でもわからないんだ……。ただ遠いところへ行ってみたかった。……遠いところに俺の青春があるような気がするんだ。

女　いいわ、若いっていうことは……。あなたは幸福になるための時間をまだ十分持ってる。

男　幸福になるための時間か。わからない、幸福になれるかどうか。

女　なれるわきっと。あんただったらきっとなれるわ……。（せきをする）

男　……病気なおせよ。ずいぶん悪そうじゃあないか。

女　なおす気になった時なおすわ……。
男　ちょっとかさ持っててくれよ。煙草吸いたい。

E　マッチをする音

女　……いいにおい。
男　吸うかい。
女　いらない……。わたし思い出すわ、あなたが初めてお店に来た時のこと……。

E　雨の音　CFして　バー（BG）
客は一人も来ない　音楽だけ
ドアーの開閉

女　いらっしゃいませ。
男　バカに空いてるね。
女　さっきお客様が二組《フタ》帰ったところ。
女　……なんにいたしましょう。

男　ウイスキー、ストレート。
女　シングル？　ダブル？
男　ダブル。

E　グラスを置く音

男　（飲んで）ここ一人かい？
女　ええ、ごらんの通りこんな小さな店ですもの。
男　ふうん……。
女　あなた、初めてね。
男　ああ、さっきまで友達と飲んでいたけどね。帰りのバスまで少し時間があるんだ。
女　時間つぶしってわけね。ありがとう。
男　まあそんなところ、もう一杯くれよ。
女　（つぎながら）ずいぶん強いのね。
男　（なんとなく笑う）

女　すまないけど煙草一本くれない？
男　ああ……。
女　ありがとう。

　　E　マッチをする音

女　初めて来たお客さんに悪いわね。ちょっと切らしてしまったのよ。
男　いいよ、煙草の一本ぐらい。
女　ううん、今度来た時かえすわ……。あんた年いくつ？
男　なんだい、やぶからぼうに。
女　……死んだ弟によく似ていたから、ちょっと聞いてみただけよ。言わなくって
　　いいの、失礼したわ。
男　弟さんがいたのかい。
女　ええ、半年程前に亡くなったけどね。二十二だった……。若いくせに死んだり
　　して。
男　二十二か……俺もだ。

女　そう……。
男　どうして、死んだんだい。
女　病気よ。胸をやられたのよ。
男　ふうん……。それは大変だ。
女　……あんた、ませた口をきくのね。
男　（なんとなく笑う）。
女　あんたと話していると、とても二十二とは思えないわ。三十ぐらいな感じよ。
男　（笑って）誰でも同じことを言うよ。でもいいさ、男は若い時に年とって見える方が出世するっていうからな。
女　（笑って）ほんとうかしら。

E　ドアの開閉

女　あらいらっしゃい。まあ今日はずいぶんお酔いになってるのね。
男　マダムいくら？
女　あらもう帰るの。ゆっくりすればいいのに。

男　いやバスの時間にちょうどいいんだ。
女　そう、百六十円よ。
男　じゃあ。
女　はいはい、ありがとうございました。また来てね。
男　ああ。

E　CFして　雨の音（BG）

男　……風が冷たいな。
女　あの時からあなたはよくお店へ来てくれたわね。
男　……車道の方を歩こう、道がぬかるみだ。
女　このあたりの官庁街、夜は気味が悪いわ。大きなビルが黒々とならんでいるだけだもの……。そこは公安局ね、その横が農林事務所。わたし公安局へ勤めていたことがあるわ。そしてあなたはこの間までその農林事務所へ勤めていたのね。……おかしくなるわ。
男　何が……？

女　何もかも……。女学生の時父が死に、卒業して就職するとすぐ母が病気よ。それを追うように今度は弟が結核。借金が増えるばっかり……。役所からもらうわたしの安月給ではどうにもできなかったわ。そんな時、友達にさそわれてバーにアルバイトに出るようになった。それがやがて本職……。母は何とかもちこたえたけど弟は死んだわ……。

男　（突然口笛を吹きだす。しばらく続く）

女　やめてちょうだい、口笛を吹くのは……。

男　今さら、俺にそんな話をしたってしょうがないよ。

女　……そうね、そうだったわね……ウフフ……

男　そんな話、どこにでもころがってる。

女　そう……月並なお話だわね……。（せきをする）

（間――　雨と足音のみ）

女　……ねえ、何か話して、さみしいわ。

男　……

女　どうしてそんなに黙っているの。
男　何も話すことないよ。
女　あるわ。ねえ、もうお話できるのは今だけよ。
男　あり過ぎてない……。
女　意地悪！
男　黙っていて、黙って、黙って歩きたい……雨の音を聞きながら黙って歩きたい……。

（間）

女　（すすり泣く）。
男　なんだ、泣いてるのか。
女　……もうこれで永遠にお別れかと思うと涙が出たのよ。
男　柄でもない。
女　ねえ、わたしたちの仲って、なんだったの。
男　……

女　ねえ、黙ってないで。
男　そんなことわからない。例えどんな仲だったとしても、いいじゃないか。
女　そうね。
男　女だって男だって同じことさ。
女　わかったわ……わたしと一緒に何か楽しいことを考えて……。そう、なんでもいいわ。思い出でも夢でもいいの。

（間――雨の音と足音）

男　楽しいこと、二人だけの夢か……。
女　そうよ夢よ、二人だけの……。
男　……うん……。じゃあ俺の手につかまって目をつむれよ。
女　いいわ。

雨の音（FO）

静かに夢の中にさそいこんでくれるような音楽（FI）

男　そうだなあ……今、夏だ。二人で海水浴に行っている。うん、どこでもいい、その辺りの海岸だよ……。青い青い海、そして空、ギラギラと輝く太陽。しかし不思議なことにその海水浴場には人が誰もいないんだ……。まるでそれは俺たち二人だけのために海がありり太陽があるみたいだ……。俺たちは二人で南の国へ来たような気持ちになって遊びまわるのだ……。うん、もちろん俺には就職試験の心配なんてない……。あんただって健康そのものなんだ。そして、さっき言った公安局かどこかへ勤めている女性だ。いや、勤めるなんて必要のない家庭の人だ。

女　（泣きだす）。

E　雨の音（BG）

男　……二人だけの夢を見ようっていったのに……。

女　ごめんなさい……。

男　……そうだ、俺の話は空想が多すぎる……。俺たちにはもともと夢はないんだ。ない夢を見ようとするのが無理なんだハハハ……。俺は役所の臨時雇い、そしてあんたは三流バーのマダム。そうじゃあないかよ。

女　そうだわ、全くその通りだわ。

男　学校を卒業して、どこの就職試験を受けてもだめだった男さ。会社や役所の臨時雇いがせきの山。短かければ一週間、長くてもせいぜい二ヶ月か三ヶ月、臨時臨時で転々として……学校時代の同級生はみんな背広なんかきてりゅうとしている。俺は服の一つも満足に買えやあしない。いや、服なんてどうでもいいんだ。ただ、彼らの得意そうな眼が俺にはたまらないんだ。俺はいつも一人ぽっちでよく飲みにいった。そして自分をなぐさめた。俺にはもう夢だの希望だの甘っちょろいものはない。

女　あるわ、あるじゃないの。外国へ行くという夢が……。

男　そんなものは夢なんていうものではない。どうでもいいんだ、ただ行ってみたいだけさ。

女　そんなことはないわ。立派な夢だわ。そんなこと思っているのはあんただけだわ。あんたはきっと幸福になれる……。

わたしも行きたい。だけど行けない。あんたは行ける。あんたはわたしより幸福だわ。

男 そんな理屈ってあるかい。

女 ……そうかもしれない。でもわたしだって今の生活から抜け出したいのよ。今の生活から……。

男 ……俺は弱虫なんだ、だから……。

女 弱虫だってなんだっていい、とにかくあなたは今の生活から抜け出せるわ。

男 あんただって抜け出せばいい。俺みたいに少々ひきょうだけど。

女 わたしには出来ないわ。なんにもできないわ。あんたは行ってしまう……。

(間)

(突然はげしく) ねえ、やめて、外国へ行ったりするの！ え！

男 やめるのよ、ブラジルへ行くのを！ あなたはこのままブラジルへ行って幸せになれるの？ この町にいてわたしと二人で幸せになろう……。いいえ、わたしは不幸だってかまわない、今のままだってかまわない。だけど、あなたを幸せにするためだったらなんでもするわ……。

E　自動車がかなりのスピードで通過する

男　（女のはげしい調子に次第につられていく）俺の決心をぐらつかせないでくれ。

女　決心！

男　そうだ、一度した決心を簡単に変えるわけにはいかない。

女　決心でも間違っている決心もあるわ。そんな決心は気がついた時にすぐ取消すものよ。今からだったらおそくないわ。今だったらおそくないわよ！。

男　……そういえば俺はこの間からブラジルに行くとばっかり考えていた。他のことは全然頭になかった……今気がつくと全くバカみたいだ。

女　そうよバカなことよ。バカなことだわ、やめるのよ、やめて……。

男　やめて……。

女　やめてもっと他に幸福になる道を考えるのよ。わたしも考える。ねえ、だから。

男　俺は、俺はわからなくなった……。

女　タクシーが来るわ。あれに乗ろう。

男　え！

E　タクシーが来る、そして止まる
　　ドアーを開ける音

女　さあ、早く！

男　待てよ、待ってくれよ。

女　さあ、ぬれるわ、早く。

E　ドアーは閉まる
　　タクシーは走りだす

女　松田町まで。

男　おい、どこへ行くんだ。

女　帰るのよ。松田町の三丁目に「再会」っていうナイトクラブがあるでしょう。あの少し手前よ。

M　ブリッジ　不安なような、あやし気な音楽

E　土砂降りの雨の音（BG）

男　……「本日は勝手ながら休ませていただきます」か……。

女　……あなたを見送るためだったのよ。あけて来るわ、ちょっと待っててね。

（間――雨の音のみ）

E　ドアーの開く音

女　入って。

E　ドアーの閉まる音

雨の音は聞こえなくなる

女　ぬれてるわね、そのコート脱いだら……？（せきをする）

男　あんたこそ左の肩がぐっしょりぬれてる。

女　寒いわね。コンロつけるわ。

E　マッチでコンロに火をつける

女　何か飲むといいわ、あったまるから。

男　ああ、ウイスキー、水割り。

E　コップを置く音

　つぐ音

女　わたしも飲むわ……ああおいしい……。今夜はあなたと水いらずね。

男　ああ……。

女　二人でこんなにして飲むのは初めてね。

男　……

女　まだ飲む?

男　うん……。

　グラスにつぐ音

Ｍ　あやし気な陰気な音楽が静かに入る
そして、高くなったり低くなったりしてバックを流れる（レコード）

女　なんだか夢のようだわ……。いい気持ち……。今までのことは全部ウソね。わたしたちなにを話していたのかしら……。

男　さっきのことがみんな遠い昔のことのように思えるわ。

女　……わからない……俺には……。

男　なに言ってるのよ、さあ今夜は二人であけましょうよ。そして新しく出直すのよ。二人で幸福になることを考えよう、ね……。ああわたし少し酔ったかな。

女　……

男　そうだった……。あなたはもう役所を辞めてしまったのね。いいわ、わたしが必ずさがしてあげる。そうだわ、ウチへ来るお客さんの中に東洋物産の課長をしている人がいるわ。その人にたのんでみる。そう、職が見つかるまで遊びながらこのお店のお手伝いをしてくれればいいわ。これでもなかなか忙しい時があるのよ。氷を割ったり、注文にいったり……。つまらない仕事だけどがまんしてね。

男　うん……。

女　ねえどうしたの、さっきからなぜそんなに浮かない顔してるの？……、もうブラジルへ行くのはやめたんでしょう。だからここにいるのでしょう。ここはわたしのお店よ。

男　少し黙っててくれよ。俺は考え事してるんだ！。

（間――　音楽があやしくひびく）

女　……後悔しているの？……

M　音楽（CO）

酔った客A　なんだ、やってるじゃあないか。

女　あら、今日はお休みのはり紙をしておいたはずよ。

酔った客B　うん、たしかに「本日は都合により勝手ながら休ませていたゞきます」と書いてある。しかし中は電気がついており、かぎはかかっていない。入ってみれば

女　ちゃんと客がいる。これじゃあマダム、休みにならないよ。明日からは間違いなくやりますわ。

（笑って）ごめんなさい、お休みにしておいたのよ。

客B　ううん、そうかそうか。だからお願い。今日は二人で水いらずといったところだな。おやすくないねマダム。

女　（笑って）そんなのじゃあないのよ、ね、早く。その代わり明日来て下さったらうんとサービスするわ。

客A　お若いお兄ちゃん、お楽しみだねアハハハ……。

客B　じゃあ明日来るよ、バイバイ。

客A　バイバイ。

E　ドアーの音

わめき歌いながら遠ざかる

女　ああおどろいた。かぎかけてくるわ。（CF）それから電気少し暗くしてちょうだい。（ON）ええありがとう、それでいいわ。さあもうこれでじゃまは入らない……さあ飲みましょう……あら、飲まないの。

男　……

女　……あなたやっぱり後悔しているのね……。

男　後悔なんかしていない、後悔なんかしていないぞ！　さあいくらでも飲んでやる。どんどんつげよ。

女　そうなの、そうなのアハハハハ……ゆかいだわ、さあいくらでもついであげるわ、飲みなさいよ。

男　おい、レコードかけろよ。

女　ええ、かけるわ。

E　レコードをかける（陰気な音楽、高く低く流れる）

女　お酒はあるし、お客はあなた一人、全くいい気持ちね。そうだ、いいカクテル作るわ。そしてわたしたちの未来の幸福のために乾杯しましょうよ。ちょっと待っててね。

E　女がシェーカーを振る音、さかんに響く
同時に陰気な音楽、ひときわ低く高く流れる

男　……俺やっぱり行く。

女　え！

男　俺やっぱり行くことにするよ！

E　セリフと同時に、ドアーをはげしく開いて飛び出す

女　（かぶせて）待って、待ってちょうだい。

E　女のセリフと同時に、はげしくドアーの開閉
同時にどしゃ降りの雨の音（BG）

女　待って、今あなたなんて言ったの。もうブラジルなんかへ行かないって。ねえ、そうじゃなかったの。

男　ゆるしてくれ……俺はやっぱり行く、やっぱり行くんだ。それはあんたの心嬉

しいよ……。

女　あなたは……（急にせきこんで、ものが言えなくなる）

男　おい、大丈夫か、おい。

（間）

女　……わたしってバカね、こんなふうになるのは最初からわかっていたのね。

（自嘲はせきにかわる）

でも今からどうするの、汽車は間に合うの？……

男　……うん、そこらで車をひろう。

女　そう……。

男　幸せに……。

（間——はげしい雨の音のみ）

女　……

男　さようなら。

Ｅ　男が駆け出して行く音

女　……さようなら……。

酔った男（客Ａ）　（OF）おい、見てみろ。この雨の中を女が一人、かさも差さずに立ってるじゃあないか。

酔った男（客Ｂ）　ほんとうだ、よく降るのに。気でも狂ったのかなアハハハ……。

——二人は笑う——

やがて酔っぱらいらしく、歌を歌いながら遠ざかる

Ｅ　はげしく降る雨の音

ある心の風景

1961年　南海放送

配役

男

女

啓子

入場口の女

スタッフ

演出

音楽

効果

M　テーマ　暗く　低く

SE　動物園のノイズ（BG）

男　よう！　たのむよ。

入場口の女　だめよ、お給料のとき、まとめて払ってもらうから（笑）。

男　ああ、三倍にして払うよ（笑）……。僕は、昼休みの時間にいつもこのようにしてこの動物園へやってくる。天気さえよければ毎日毎日、もう一年も前からだ。いつの間にか、入場口の女の子と顔見知りになり、やあと言って挨拶するだけで入れてくれるようになった。僕は、動物園のすぐ近くにある商事会社に昨年入社したサラリーマンである。最初の一年間は、ただ夢中で仕事をした。毎日が楽しかった。毎日張り切った。僕には若い夢があり、野心があった。
二年目になって、会社の大きな組織とそこに働く人々の無常感に初めて気が付いた。そのことに気が付くと、僕もまたそれらの人々の仲間入りをせざるをえない羽目におちいった。しかし僕は、酒とかパチンコとか競輪とか、あるいはマージャンとかプロ野球に心からなじむことはできなかった。僕にできること。それは、一人で映画を見にいったり、本を読んだり、そしてこの動物園に来て、ぼんやり動物をながめたりスケッチをすることぐらいだ。僕のスケッチブックは、もう動物たちでいっぱいになった。今は、三日前から〝ツキノワグマ〞を描いている……。

SE　小鳥の鳴き声
　　動物の鳴き声

男　〝ライオン〞〝トラ〞〝チンパンジー〞毎日同じように動物たちはおりの中にいる。僕はもう彼等と顔なじみになった。〝ツキノワグマ〞の前に来る。そしてベンチに腰をおろし、スケッチブックをひろげる。そのときが僕の一番好きなときだ。絵を描きだしたのは学生の頃からだが、絵を学んだわけではない。自分の趣味で自己流に描いているだけのことだ。絵は、僕にとって自分をとりもどす唯一の道具なのだ。僕はこの熊が好きだ。本州や九州、そして四国にもいるという。動作はのろいが、穴をほったり木登りが上手だという特性もなんとなくユーモラスだ。チェーホフの書いた芝居に、「熊」という面白い作品もあった。子供の頃、足柄山の金時の話を母に何回もしてもらった。熊を見るたびに僕は子供の頃を思い出す。そして今でも、あの金時のように熊と相撲をとったり、熊の背にまたがって、はいはいどうどうと、付近の山をのっそりのっそりと歩き回ることができたら、どんなにゆかいだろうかと思う。

SE　熊がほえる

女　うわあ、熊ちゃんがほえたわ、熊ちゃんよ。

男　めずらしいな、熊がほえたりして……。それにしても、可愛い坊やを抱いている女《ひと》は、どこの奥さんだろうか。最近いつもこの動物園にいる……。

女　(OF)勝志ちゃん、今度はライオンを見に行きましょうね。

男　まだ若い。三十になってないだろう。……どことなく孤独と知性を感じさせる女《ひと》だ。いつ頃からだろうか、あの女《ひと》が動物園に来るようになったのは。……あの女《ひと》はきれいな瞳を持っている。どことなく哀愁を感じさせる瞳。

あの瞳と僕は昨日《きのう》も出合った。一昨日《おととい》も出合った。その前も、そして今日も出合った（次第にOF）。

（間）

女　わたしは、あの人に今日も出会った。いつもスケッチブックを手にしている。今日は熊を描いていた。昨日も描いていた。その前は〃ヒトコブラクダ〃だった。その前は〃コンドル〃だった。あの人はなにをしている人だろうか、絵描きさん？　いやあの人は画家ではない。サラリーマン、そう、きっとサラリーマン。昼休みの時間に絵を描いているのだわ。それにしてもよほど絵の好きな人だ。毎日毎日、あきないこと……。あら、あの人まだわたしの方を見ている。暗い瞳、ニヒルな瞳、無気力な瞳、じっとわたしを見つめている。いやだわ、あんな瞳。なぜそんなに見つめるの。さあ勝志、向こうへ行きましょう。

男　また出会った。遠くに、遠くにはなれているのに、またあの瞳と出会った。あ、あの女《ひと》は出て行く、子供を連れて動物園から出て行く。これからあの坊やと二人で家へ帰るのだろうか……。僕ももう今日は絵を描くのはやめよう。

（間）

SE　猿の鳴き声

男　猿か。お前はいつもそうやって小さい木の上にとまっている。首にくびたま、そしてくさりをつけてもらってな。ときどき鳴き声などをあげていれば、人間様がやってきて餌を与えてくれる。

SE　猿の鳴き声

男　それぞれ、その調子だ。矢代が言った。矢代は僕の学生時代からの友達だ。売れもしない小説をせっせと書いている文学青年だ。せっかく大学へ入っておきながら、中退してしまった。そして運転手をやったり、セールスマンをやったり、いろんなことをして暮らしている。安定した職業に就かない男だ。その矢代とこの間、酒を飲んだとき、僕にこんなことを言った。

お前らは動物園につながれている猿か、でなければくさりにつながれている飼い犬だといってケラケラ笑った。では、お前一体なんだと僕が聞きかえすと、俺か、俺は野良犬だ。そこらあたりを自由にほっつき歩く野良犬だ、自由でいいぞ。しかし自分で食うものをさがさなくてはならない。下手なことをすれば飢え死だ、しかし自由だ。お前らには自由はない、くさりにつながれている動物だからな、その代わり食う心配はいらない。主人が与えてくれるからな。といってまた笑った。なるほど、そう言われればその通りだ。僕はこの猿とそれほど変わりないかもしれない。

SE　猿の鳴き声

男　フフ……。また鳴きやがった。猿よ、また明日な。

（間）

SE　動物園のノイズ

男　やあ！　今日はいい天気だね。

入場口の女　ええ、ほんとうにいいお天気。
男　たのむよ。
入場口の女　ええ（笑う）あら、スケッチブックは？
男　今日はやめたんだ、絵を描くの。
入場口の女　どうして？
男　毎日、毎日モデルにされちゃあ、動物がかわいそうだと思ってな。
入場口の女　まあ……。（笑）

SE　動物園のノイズ
SE　玩具の汽車の音（BG）

女　勝志ちゃん。今日は汽車ポッポに乗りましょうね。お猿さんが運転手さんよ、面白いでしょう。

SE　汽車の止まる音

女　さあ、乗りましょうね。お猿さんお願いしますって言いましょうね。

SE　汽車、発車（BG）

女　さあ、そこに座ってママをちゃんとつかまえていなさいね。

（間）

女　今日は、あの人はいない。いつもスケッチをしている人、暗い瞳でわたしをじっと見つめる人……。いやな瞳……わたしをじっと見つめるあの暗いいやな瞳……でもわたしはほんとうにあの人の目がいやなのだろうか……わたしの心のどこかがあの人の視線を待っているような気がする……。

SE　汽車の音（OF〜BG）

男　チンパンジーの運転する汽車……いつかのあの汽車に乗ってみたいと思う……。チンパンジーは何も知ってはいない。ボタンを一つ押すことによって汽車が動く、そしてまた止まる。彼は自分がどんなことをしているのか、ほんとうのことを知ってはいない。人間に仕込まれたことを忠実に守っているにすぎないのだ。ただそれだけのことなのだ。だが僕の仕事も、あのチンパンジーがしていることとどれだけの違いがあるだろうか……。まず五十歩百歩だ（笑）……。

SE　汽車の音（OF～ON）

男　あ、いる、あの女《ひと》が！　今日は汽車に乗っている。

（間）

女　いたわ、あの人。また見ている暗い暗い瞳で……。時代から取りのこされたような暗い瞳を持っている人……。ゆっくり、上衣の内ポケットから煙草を出して火をつける、そしておいしそうに吸う。いつもの彼のポーズだ……。

SE　汽車が止まる

女　あら、もう止まったのね、さあ坊やおりましょう。

男　女が汽車を降りた。そして僕を見ている。歩いてくる、まっすぐ僕の方に向かって。坊やの手を引っぱって、ゆっくり、ゆっくり……。彼女はもうすぐ僕の目の前にくる……。なにかここで喋ればいい、「毎日お会いしますね」とか「いいお天気ですね」とか。

女　もうすぐわたしは、あの人の目の前に行く。勝志、そんなにママの手を引っぱらないで、勝志、そちらへ行かないで、勝志がまっすぐ行くと、ママはあの人となにか喋らないといけない。ママの手をはなして。あ、勝志危ない！　そんなに駆け出しては、あ……。

男　あ、危ない！　……坊や、ケガはなかったかい、坊や強いなあ。

女　どうもすみません。勝志、急に駆け出したりしてはだめよ。おじちゃんにどうもありがとうって……。

男　いいよ。お利口だね。

女　この子、まだお話できないんです。
男　そうですか……あのう、毎日お会いしますね。
女　ええ……子供が毎日、動物園へ来たがるものですから……。
　　いつもスケッチをしていらっしゃるけど……。
男　ひまつぶしなんです。会社の昼休みって退屈ですからね。
女　お勤めなんですね。
男　ええ……。
　　（間）
女　じゃあ、失礼します。どうもありがとうございました。勝志、おじちゃんにさよならをしましょうね。
男　さようなら。
女　失礼します。
　　（間）

男　……なぜ僕は、もっと多く喋らなかったんだ。あの女《ひと》は僕がなにか言うのを待っていたはずだ。なぜもっと多く話さなかった。あの女《ひと》は、動物園を出て行く……。

女　……とうとうあの人はわたしに喋った。あの暗い瞳でじっとわたしを見つめながら……。あのとき、わたしなぜあんなに早く逃げるようにあの人のそばをはなれたのだろうか。もっとなにかいっぱい話せばよかったのに……。でもわたしはあの人がこわい。

M　ブリッジ（暗いもの）

SE　動物園のノイズ（BG）

男　もう今日で一週間になる。あの女《ひと》がここに姿を見せなくなってから……あれ程、毎日毎日この時間にやって来ていたのに……。坊やがもう動物園にあきたのだろうか。それなら仕方ないことだ。

啓子　うわあ（おどかす）。やっと見つけた。

男　あ、びっくりした。なんだ、啓子さんか……。

啓子　ご挨拶ね。わたしさっきからずいぶんさがしたわ。
男　へえ……。また、どうして。
啓子　どうして？
男　（笑う）いやにからむなあ……。
啓子　だって、電話もくれない、手紙もくれない、わたしの方から電話したって、いつもナマ返事ばっかり。
男　それでわざわざ、会社まで訪ねてきたってわけかい。
啓子　しょってるわね、わざわざだって、あなたの会社の近くに用があって来たからついでによ。そしたらおそらくここでしょって、会社の方が言って下さったのよ。
男　嘘つけ！　ちゃんと顔に書いてあるよ。
啓子　あ、暑いわ、夏が来たのね……。ねえ、なんとかおっしゃいよ、不景気な顔して……。
男　僕が不景気な顔をしていても、それは僕の勝手だ。
啓子　あなたの動物好きも堂に入ったものね。

男　ああ、もう何でも知っているよ……。啓子は僕の恋人だ、学生時代に知り合った、もう四年になる。この地方の新聞社に勤めているレッキとした記者だ。学生の頃は、今よりはもっと素直だと思ったのに……。

啓子　また夏が来た……いやになる、わたし暑さには弱いんだから……。ねえ、あそこのベンチへ行きましょうよ……。

男　ああ

……啓子と、あの坊やを連れた女《ひと》とでは、まるっきり違う。啓子にはあのような落ち着きはない、うれいもない。

啓子　ねえ、なに考えているの、わたしが嫌いになったの？

男　ええ、別に……。

啓子　嫌になったのなら、正直に言ってね。啓子いつでもさようならしてあげる。

男　どうしてまた急にそんなことを言うのだい。

啓子　だって……。

男　いらぬところだけに、勘の鋭い女だ、知り合ったときから啓子にはそんなところがあった。
啓子　あなたのその暗い瞳が好きだったのよ。いつもなにを考えているのかわからないようなその暗い瞳……。
男　よせよ、そんなことを言うのは。なにも嫌だなんて言ってない。
啓子　ほんとうなの、でもその眼は……。
男　よせ！
啓子　………
男　今夜、久しぶりに晩飯でも食うか。
啓子　ほんとう……でも、七時頃まで出られない。
男　七時だって。
啓子　ええ、今日のうちにどうしても書いておきたい記事があるの。美術展のことだけど……。
男　仕方ないなあ……待つよ、七時まで。
啓子　ありがとう、できるだけ早くすますわ。いつものところで待っててくれるわね。

男　ああ……。

M　暗く、やや長く

SE　足音（BG）

男　何時だい。

啓子　十時過ぎよ。

男　もうそんなになるのか。

啓子　楽しかったわ。

男　そう。

啓子　ええ、久しぶりにあなたと街へ出たから。

男　めし食って、お茶飲んで、歩いて、ビアホールへ行って……。

啓子　そしてまた歩いてるのね……。

……夜の道って静かね。

男　今更なに言ってるんだ。

啓子　……今日は特別よ。今までとはなんだか違っている気がするの……。

男　寒いな。
啓子　夜霧にぬれたからかしら。
男　そうかもしれん。
啓子　わたしなんだか酔いが回ったみたい、いい気持ちよ。顔がこんなにほてってる。
SE　電車の音
啓子　電車が来たわ。
男　じゃあ。
啓子　またね、さようなら。
SE　人の降りる音など
電車去る（余韻をのこして）
男　あっ、今電車から降りた女《ひと》、あの女《ひと》じゃあないだろうか。やっぱりそうだ……。

女

SE　女の足音

……ああ、いい風。いつものことなのに、夫の出張を見送った後はほっとする。これから十日間は、わずらわしい一切のことから離れることができる。勝志と二人でゆっくりと背伸びでもして……。

ああ、向うを歩いている人は……やっぱり、やっぱりあの人だわ、どうしよう……こちらを向いてる、じっとわたしの方を見ている。あの人は、もうわたしに気付いている。夫とあの人とでは、まるっきり反対の感じがする。夫は少壮の実業家だ。図太い神経を持っていて、暗いところはどこにもない。わたしは何一つ不自由なことはない。世間一般の妻が夫につかえるように、平凡に、全く平凡に過ごしてきた……。子供が毎日、動物園に行きたがった。電車にも乗りたがった。だからわたしは、子供を連れて毎日、動物園へ行った……。そこでわたしはあの人に出会った……。ああ、あの人が道路を横切ってこちらへやってくる。わたしはどうしたらいいのかしら……。

男　こんばんは、やっぱり動物園でお会いする方ですね。
女　先日は、子供がどうもありがとうございました。
男　いいえ、どちらへ？
女　主人が出張に行きましたの。今、駅まで見送りに行ったところです。
男　そうですか……。
今、僕はこの人になにを話せばいいのだろうか。どちらへ帰られるのですかとか、遅いですけど少しお話しませんかとか、なにか喋ればいいんだ。しかしみんななんだか唐突で間が抜けている。なにか、ほんとうにないだろうか……。
女　この人は今、何を考えているのだろうか。あの暗い瞳のそこで何を見つめて、何を考えているのだろうか。もし今、どこかへ誘われたらどうしよう……。ばかな、そんなことってあるものですか。
男　近頃、動物園には来られませんね。
女　ええ……。子どもの体調が少し悪いものですから。
男　そうですか、それはいけませんね。

女　うそよ、勝志はどこも悪くない、ピンピンしている。毎日、動物園へも行きたがっている。だけどわたしが連れて行かないのだ。わたしは、この人と会うのがこわい。
男　奥さん……。
女　えっ……。
男　だめだ、なにも言えない、なんにも……。
男　奥さん、坊やの病気がなおれば、また動物園へ来て下さい。
女　だめです、わたしはもう行きません。
男　えっ！
女　失礼します。
　SE　駆け出す足音
男　あ、奥さん、奥さん！（ON〜OF）。
　（間）

女　あなたと会ったのは神様のいたずらです。あなたはまだ若いんです。将来どんないい人があらわれるかもしれません。いや、今もおられるかもしれません。もしおられるのなら、その人を大切にすることだと思います。あなたとの出会いは、ちょっとした神のいたずらだったのでしょう。でも、もうこれ以上神はわたしたちにいたずらしないでしょう。

M　暗く低く

SE　動物園のノイズ

男　よう、たのむよ。

入場口の女　はいはい。あら今日はスケッチブックを持っているのね。

男　ああ、久しぶりにかいてみようと思ってね。

入場口の女　へえ……また動物たちは大変ね。あなたにモデルにされて。

男　こらっ！（笑）

入場口の女　（笑う）あ、そうそう、今日はあなたと時々一緒の新聞社の方が先に来ているわ。

男　ほんとうかい。
入場口の女　お楽しみ。
男　バカ。（笑）
入場口の女　（笑）。

SE　動物園のノイズ（UP）

渇いた時

1962年　南海放送

配役

西田
井崎
妻
車掌
森吉
マイクの声
事務員（女）
声（男）1
声（男）2
声（男）3
声（女）A
声（女）B
声（女）C

渡部　伊勢野　石丸
谷川　松原　船越
風本　風戸　青野

スタッフ

演出　平岡英
音楽　谷村弘徳
効果　谷口章

SE　バスの音（BG）

車掌　おいそぎのところ、大変長らくお待たせしました。このバスは九時三十分発南中内《みなみなかうち》行き快速便でございます。途中路面が悪いため、かなりゆれますから御注意願います。なお終点南中内到着は、十一時となっております。

妻　一時間三十分もかかるのね。

西田　ああ……普通便ならもっとかかるよ。

妻　……遠いね……。

西田　市の一番南の端だからなあ……。合併、合併でとうとう山の中まで市になってしまった……。

妻　康子がかわいそうだわ。病気になったって病院が……。

西田　無医村へ行くんじゃあないんだ。南中内だって市の一部だ。

妻　だって……。

西田　行くことは一ヶ月前からわかっていただろう。

SE　バスの音

声　（フィルター）……南中内支所長を命ずる……。

SE　バスの音

CFして、五千人の聴衆をのんでいる市民会館のノイズ

（拍手、歓声など）

マイク　ではこの会を、市政刷新市民の会と名付けます。

SE　拍手

西田　半年前、財界の若手、森吉賢次郎が市長選に出馬を表明した時から、俺の運命はかわりはじめた。

マイク　只今役員は決定いたしましたが、この会の最高顧問に、森吉賢次郎氏を推せんしたいと思います。

SE　拍手（BG）

マイク　御賛成の方は拍手をお願いします。

SE　万雷の拍手

マイク　ありがとうございました。それでは、市政刷新市民の会最高顧問、森吉賢次郎氏を御紹介いたします。

SE　万雷の拍手、歓声（BG）

森吉　（マイク）私がただ今御紹介にあずかりました森吉賢次郎でございます。ふつつかな私を、次期市長候補に推薦していただきましたことは、身にあまる光栄に存じます。

井崎　帰ろうか。

西田　うん……。

森吉　（マイク）今日という日を私は終生忘れることはありません。（FO）

SE　ノイズ（FO）
CFして二人の足音

西田　すごい人気だな。
井崎　まあね。
西田　あれほどまでとは思わなかった。市民会館が満員じゃないか。
井崎　まあ五千といったところかな。
西田　勝てるのか？
井崎　（ちょっととぼけて）どちらが。
西田　……わかっているじゃないか。
井崎　……（含み笑い）戦局は……我が方に不利だね、現職の強味を生かしても、四分六分……。
西田　（打ち消すように）まさか……俺は五分五分だ。
井崎　……と僕もみたいのが山々だ。しかし、森吉は意外に人気があるよ。僕達の予想をはるかに上回っている。

西田　それはみとめるが……。

SE　二人の足音
――沈黙の時が流れる――

井崎　……このさい身びいきはやめておくべきだな、これからの戦いのためにも。
西田　そんなことはわかっている。
井崎　まあ、お互いにやろうじゃないか。こうなってしまっては、僕たちは使いまくられるよ。
西田　ああ。人口六十万、年間予算二百億の市の市長の椅子のうばいあいだからな。
井崎　……市長はどんな気持ちだろうか……。側近の議員や首脳部は感覚が古いからなあ。『大丈夫ですよ市長、森吉にはうわっつらのムードがあるだけですからね』なんて、忠義面しながら進言するのが関の山ってところだろう……。
西田

SE　足音

井崎　うん……どこかでちょっとやって帰るか。
西田　いや、悪いが今日は帰るよ。
井崎　ふうん、めずらしいな。疲れているのか。
西田　いや、今日は康子の誕生日なんだ。女房がなんか作って待っているらしい。
井崎　へえ、康子ちゃんのなあ。いくつになった？
西田　五歳だ。
井崎　早いもんだなあ……。もう五歳か。それ、康子ちゃんのおみやげか。
西田　毛糸のシャツを買えってやかましいんだ。やはり女の子にはかなわないなあ。もう着るものにくじをくりやがる。(苦笑)
井崎　(笑う) 相変わらず家庭円満だな。幸せな奴だよ。
西田　なに言ってる。
井崎　僕の家なんか全然駄目だな。子供は生まれないし……目下家内とは冷戦状態だ……。あ、早く帰れよ、待ってるぞ康子ちゃん。

西田　じゃあ、ここで。

SE　足音（BG）

SE　（フィルター）拍手

森吉　（フィルター）私がただ今御紹介にあずかりました森吉賢次郎でございます。ふつつかでまだ若僧の私を、次期市長候補に推していただきましたことは、身にあまる光栄です。

SE　（フィルター）拍手、歓声、CFして足音

西田　森吉賢次郎……いい名前だな。しかし俺はお前を市長にはしないぞ……。必ず勝ってやる……お前を市長の椅子には座らせない……。

SE　足音（FO）

SE　事務所のノイズ

――電話――

事務員（女）　もしもし、はいそうです、おられます。ちょっとお待ち下さい。

西田　（OF）西田係長、お電話です。

井崎　もしもし。

西田　（電話の声）井崎だ、忙しいか？

井崎　まああってとこだ。

西田　（電話の声）そうか……俺の方もだ。

井崎　そう……で、今日は？

西田　（電話の声）うん……よかったら昼めしでもどうだ。

井崎　ああ、いいよ……。

西田　（電話の声）うん……どこがいいかな……緑屋の二階にしようか。

西田　わかった。じゃあ、その時。

SE　電話を切る

　事務所のノイズ

事務員（女）　これ、お願いします。

西田　職員証の再発行……。うん、あ、君すまないが秘書課の山内さんにこれ届けておいてくれないか？
女　はい。
SE　事務所のノイズ（FO）
井崎　……どうも待たせてしまったな。
西田　いや……。
井崎　出がけに、ちょっと来客があってね。どうしても立てなかったんだ。なにに する？……僕は刺身定食だ。
西田　そうだろうと思って、さっき頼んでおいた。
井崎　そうか。
西田　久しぶりだな、一緒に昼めしを食うのは。
井崎　うん……。
西田　今朝、助役に呼ばれたよ。
井崎　こちらの方の大会のことだろ。

西田　うん。
井崎　僕も聞いた。
給仕人　お待たせしました。
SE　置く音
西田　来月の十日とか。
井崎　うん……大変なことだな。十時頃だった、滝村市会議員がやって来てね。
西田　なんだ用件は。
井崎　いやあ、はっぱをかけにやってきたんだろう。（苦笑）……こちらの方の会の名前がふるってるじゃあないか、「市民を守る集い」だとか……。
西田　あちらさんが「刷新」で、こちらが「守る」か。（苦笑）……この勝負やいかになりや、だな。
井崎　決まってるよ、もう……。
西田　井崎、たいそう悲観的だな。
井崎　僕のポストは、あらゆる情報が早く集まってくる。

西田　それはそうだろう。

井崎　西田、僕は勘や噂で話しているのじゃあない。あらゆる情報を分析して話しているんだ……。実際に森吉が出馬を声明したのは一ヶ月前だが、彼はもう一年も前から動いているんだ。それに気がつかず、こちらは対抗馬なしなどと言って、のうのうと過ごしてきたんだ……。それに森吉は超党派などといっているが、実際は保守系だろう。選挙資金が今までのときよりずっと少なくなる。市長に回ってこないぶん、森吉の方に流れるんだ……。

（間）

西田　お前の判断では、俺たちは負け戦をやらねばならないのか。

（間）

井崎　いやだね。僕は負け戦っていうやつは。

西田　えっ……。

井崎　負けるとわかっていて加勢するバカはいないよ。

西田　なんだ、それは……。
井崎　僕は森吉を支持する。
西田　お前、本気なのか。
井崎　本気だ。しかし森吉のために動いたりはしない。公務員らしくな、僕は中立を守るんだ。つまり市長のためには絶対に動かないんだ。そうすれば結果的には森吉を応援したことになる。
西田　……それで、杉山市長にすまないと思わないのか。
井崎　僕は杉山市長からそれほど恩を受けたおぼえはないよ。僕のポストがポストだから、市長側近だなんて言う人がいるがね……。
西田　………
井崎　中立を守るっていうのは、大義名分が成り立つんだ。公務員は一党一派に属してはならない。いかなる政治権力にも干渉させず、厳正中立の行政を行う……というね。
西田　お前はえらい奴だよ。
井崎　皮肉か。

西田　ああ。
井崎　僕は、どう言われたっていい。ただ、田舎の支所長に飛ばされるのはごめんこうむりたい……。西田、お前だってほんとうはそうではないのか。
西田　それはそうだ。だから僕は杉山市長に勝ってもらいたいんだ。
井崎　のぞみは薄いね。
西田　……民主主義の原則を守って、厳正中立……それがほんとうの姿だろう。しかし現職が立つ以上はそうはいかない。俺はそういう一切のものに目をつむる。
井崎　そして杉山市長と共に討ち死にか。
西田　………
井崎　西田……僕とは小学校からの友達だったな。
西田　そうだ。
井崎　だから誰にも言わないことを言った。
西田　お前の忠告はありがたく聞いておくよ。しかし俺はお前とは事情がちがう。お前は大学を卒業して市役所の上級試験に合格した。いわゆる毛並みのいい士官だ。だが家が貧しかった俺は中学を出ると給仕として市役所へ入った。そして定時制高校へ通った。俺の学歴から考えて、先は知れているかもしれない……。しかし俺は石にかじりついてでも上へ昇りたい。俺は杉山市長に恩がある。俺をここまで育ててくれたのは、ほかでもない市長だ。俺はこの際その恩を返したい……。お前のようなインテリからみれば「お笑い」だろう……しかし俺はやはり義理とか人情とか……そんな古いものを大切にしたい……。それが俺のような人間の生きていく道だと思っている……。

井崎　……わかった。

西田　井崎、お前はお前で一番よいと思う方法を取れ。俺はお前がずるい奴だとは思わない。役人の生きていく道として仕方ないことだと思う……。

井崎　西田、僕はもうなにも言わない……あと少しだ、しっかりな……。しかし決して勝つとは思うなよ。

西田　そのかわり悲観もせんよ（苦笑）。

M　ブリッジ

声1　杉山市長も田舎へ行くと案外人気があるよ。
声2　田舎の親父のにおいがするからな。
声3　現職の強みがあるからなあ。
声1　森吉といい勝負をすると思うよ。

M　短く
SE　五千人近い観衆が入っている市民会館のノイズ

スピーカー　それではただ今より「市民を守る集い」を開催いたします。

SE　万雷の拍手

声1　杉山派のひらいた「市民を守る集い」はすごい盛況だったたらしいな。森吉派以上の人数だったらしいよ。
声2　市の幹部連中が動くのだから、その程度の人数は集められるよ。

声3　でも集まってきたのは田舎の年寄り連中ばかりだった。あれじゃあ駄目だね。杉山は市の中心部の若い層に全然人気がないんだから。

M　短く

声1　杉山はやはり人気がないなあ。
声2　財界は杉山に金を出すのをやめたそうだ。
声3　市役所の部課長連中もだいぶ森吉派に回った。
声(女)A　わたしとこの課長さん、森吉さんの応援をしているんだって。
声2　杉山市長についている市会議員は少なくなったね。
声3　弱いからまとまりがつかない。まとまりがつかないから弱くなる。悪循環の見本だね。

M　ブリッジ
SE　事務所のノイズ
　サイレン

お互いに挨拶をかわして帰って行く人たち

西田　じゃあ、お先に。

SE　事務所のノイズ
CFして街のノイズ

西田　あらゆるデータは杉山不利と出てくる……。もう選挙は〝水もの〟ということに期待をかけることしかできないのか。

井崎　(フィルター) 中立を守るっていうのは大義名分が成り立つんだ。僕は今どう言われたっていい。田舎の支所長に飛ばされるのはごめんこうむりたい。

声1　(フィルター) 森吉の勝ちだね。

声3　(フィルター) 杉山市政には、みんなもうあきたからなあ。彼にはなんといったって知性がないわよ。

声2　(フィルター) 森吉には大物の財界人がついているんだってなあ……。

声3　(フィルター) 森吉は人事の刷新という公約を掲げたね。当選すれば面白いことになるなあ。

声（女）B　（フィルター）森吉さんて魅力的ね。

声（女）C　（フィルター）若くてスマート。

声（女）D　（フィルター）知的だわ。

SE　（フィルター）万雷の拍手

森吉　（フィルター）私がただ今御紹介にあずかりました森吉賢次郎でございます。

SE　（フィルター）万雷の拍手

井崎　（フィルター）中立を守るっていうのは、大義名分が成り立つんだ。

西田　……今からでも遅くない、中立になるのは……。

西田　（エコー）杉山市長を裏切るのか。

西田　……俺は欲しい、ポストが。

西田　（エコー）そんなに欲しいのか。

西田　……誰だってそうじゃあないか。役人生活を送るからには、誰だっていいポストが欲しい……。俺はまだ若いんだ。夢もある、希望もある、野心もある。

西田　（エコー）井崎に言ったあの言葉はうそだったのか。お前をここまで引き上げてくれたのは誰だ。杉山市長じゃあないのか。

西田　……市長、許して下さい。私の夢を認めて下さい。私の野望を許して下さい。私は井崎に負けたくないんです……井崎は子供の頃からの友達です。いい奴です。尊敬もしています。しかし、私は彼に敗けたくありません。早く彼に追いつきたいのです。いや、できれば追い越したいのです。子供の頃、私は井崎よりもよくできる子でした。かけっこも、すもうも、あらゆる点で彼より上でした。ただ私は家が貧しかったのです。多くの同級生が進学するのに、私は市役所の給仕にならねばならなかったのです……。負けん気の私は市役所に入って一生懸命働きました。勉強もしました。苦労人であるあなたは私の努力を認めてくれました。感謝します。恩義を感じております。でももうここで、あなたとはお別れしたいのです。当世流のことばでいうならば、それはそれ、これはこれ、とドライに割り切りたいのです。

西田　（エコー）それならそれでいい。だが今からではもう遅いのではないのか。お前は市長側近として自他ともに許していたはずだぞ。

西田　……それはできる。中立っていうのは案外簡単なのだ。民主主義の原則を守るという大義名分を利用すれば……井崎、俺もお前の仲間入りをさせてもらうぞ……。

西田　（エコー）待て、待て待て、ひきょう者になるな。

西田　ひきょう者じゃあない、今流の生き方なんだ。それをひきょう者と呼ぶなら、この世の中の人間は皆ひきょう者じゃあないか。

西田　（エコー）待て。

西田　いやだ、もう俺はなにも考えたくない。

SE　バスの音（BG）

西田　……俺は杉山市長を裏切った。誰の目にも現市長の敗北は火を見るよりあきらかに見えた。だが予想は完全に裏切られた。わずか一千票の差ではあったが、杉山市長は森吉を破った。誰もがあぜんとしている中で彼は一人微笑しながら「私は何回もの選挙を勝ち抜いてきているからね」と言った。
事実、彼には長い政治歴があった。市会議員二期、県会議員二期、国会議員三期、そして市長二期……その長い間に大衆の心をつかむなにかを、彼は自分自身の方法で身につけていた。投票日の前日には、田舎の方でかなりの現金をばらまいたという噂もある……。

SE　バスの音

車掌　まもなく山岡、山岡でございます。お降りの方はお忘れ物のないように願います。(OF)

西田　……数日あと、俺は一枚の辞令をもらった……南中内支所長を命ずる……。井崎は商工課長に栄転した。どういう理由か俺にはわからない。ただ彼は、賢い男であり、大学出の法律の専門家であるということだけである……。

SE　バス(BG)

妻　もう三十分ほどね……。

西田　ああ……。山の中でうまい空気でも吸ってのんびり暮らすかな……。

――終――

連絡船にて

1961年　南海放送

配役

フサ（六十五歳くらい）　小玉

大川（二十一歳）　渡部

達夫（二十一歳）　泉

好子（十六歳）　風本

スタッフ

演出　平岡　英

音楽　谷村弘徳

効果　谷口　章

SE　連絡船
　汽笛

フサ　おう寒い……。あのう……自衛隊の方、今何時頃でしょうかなあ……。
大川　四時五十分ですよ。
フサ　そうですか、高松へ着くのは何時頃でしょうか。
大川　一時間ほどだから、五時半には着くでしょう。
フサ　そうですか、どうもありがとうございました。
大川　……おばさん、どこへ行ってたんですか。
フサ　東京ですの。
大川　へえ、お一人で。
フサ　いいえ、行くときは近所の人と一緒でした。その人は仕事でまだ十日ほど
　東京においでるということだったので……。
大川　そうですか……。
フサ　へえ……親切なお方じゃあ。こんなばあさんを、めんどがりもせずによう

大川　案内してくれましてな。
フサ　それはよかったですねえ。
大川　だけどまあ、東京いうとこは、大したとこですなあ。初めて行ったんじゃが、もうたまげてしもうて……。あんたさんはどちらですぞ？
フサ　僕は横須賀ですよ、東京のすぐ近くです。
大川　じゃあ、暮れのお休みでおくにへ。
フサ　ええ。
大川　自衛隊さんもええですなあ、よう休みがあって。
フサ　（苦笑する）
大川　あたしゃ、愛媛県の松山ですけど、あんたさんはどちらへお帰りですぞ？
フサ　へえ、おばさんは松山の人ですか、僕は高知です。
大川　まあ、自衛隊さんは高知の人かや。
フサ　遊びに行ったんですか、東京へ？
大川　へえ……靖国神社へおまいりに行きましてなあ、方々見物してきましたした
フサ　……。ほんとに東京いうとこは、どえらいとこですなあ……。

大川　人口が一千万ですからね。おばさんの住んでいる町の三十倍ぐらいですよ。

フサ　そうですか。あたしが住んでいるとこは、山の中ですけん、町いうても合併して町になったんですけん……。靖国神社へ行って、息子に会ってきました。

大川　じゃあ、おばさんの息子さんは戦争で。

フサ　へえ……もう十六年になりますかな。昭和二十年の春に特攻隊で死にました。

大川　そうですか。

フサ　一人息子でした。もっと早よう、おまいりしようと思いながら、なかなかひまがなかってなあ……。今年の秋は豊作でして……そうじゃけん、ぜひ行ってこいって嫁に行ってる娘が言ってくれましたけん。

大川　それはよかったですねえ……。

フサ　これであたしゃあ、もう安心です。いつむこうへ行ってもかまいません、アハハ……。

大川　（笑って）おばさん、まだそんなお年じゃあないでしょう。
フサ　いいえ、もう年とってしまいました……。うちの近所にも自衛隊にいってる人が二人おりますがな、一人はまだこの間入隊したばっかりだけど、もう一人は入ってから三年、いや四年にもなりますかなあ……。あんたさんは何年になりますぞ?
大川　三年目ですよ、といっても僕はまだ学生なんですよ。
フサ　学生さん。
大川　ええ、防衛大学校の学生です。
フサ　防衛大学校いうたら、昔のなにになるんですかなあ……。
大川　陸軍士官学校と海軍兵学校をあわせたような大学です。もっとも僕は海の方だから、昔流にいえば海軍兵学校の生徒といったところかな。
フサ　そうですか、海兵の生徒さんですかな。じゃあ頭がええんですなあ。
大川　（苦笑）
フサ　うちの達夫も……死んだあたしの息子は達夫という名前でした……ようできる子でした。田舎の小学校を一番で出ましてな、松山中学へ入ったんですよ……。その頃のうちらあたりで中学へ通る子は、二年に一人か三年に一人ぐらいでした……。中学校を卒業すると、まだ上の学校へ行くんじゃいいましてな、ようけんかしたもんですわい。あんた、百姓のせがれがなんでそんな上の学校へ行かにゃあならん言いましてな。それでもとうとうあの子は、自分のいうことをとおしました。勉強がしたかったんですかなあ、新居浜の高等工業へ行きました……。その頃はあんた、うちらあたりで専門学校へ行くなんていうの、村中さがしたって数えるほどしかおりませんでした。あたしもけんかしたもんの、やっぱり鼻がたこうてな、〝達夫や、ようやった〟言うてほめてやりました。達夫も喜んで〝卒業したら母さん、偉い技師になって楽さしてあげる〟っていつも言っていました。やさしい子でした……。ほじゃのに卒業もようせず死んでしもうて。

大川　予備学生だったんですか？

フサ　へえ……高等工業の三年のときでした。海軍さんにとられましてな、飛行機乗りになったんです。達夫は勉強が好きだったばっかりに死んでしもうた。小学校出て、皆と同じように百姓でもしておれば、死ななかったかもしれんのに……。なにも神風特攻隊なんかいうて、敵の軍艦に体当たりなんかせんでもすんだかもしれんのに……。

SE　汽笛

大川　少し明るなったなあ……。

フサ　そうですなあ。

大川　おばさん、寒いでしょう。このオーバー貸してあげましょう。

フサ　あ、学生さん、そんなことしなくたってええです。あんたさんが寒いでしょう。

大川　いいんですよ、僕は慣れているんですよ、かけてあげよう。

フサ　すみませんなあ。寒いことないんですか。

大川　きたえられますからね。

フサ　そうですか、じゃあ遠慮なく……。

大川　ええ、どうぞ……。年末はいつも混むんですよ。ちょっと油断すると中へ入れなくなってしまう。

フサ　へえ……あたしもたまげてしまいました。どうしてこう人が多勢いるんでしょうかなあ……。
大川　ほんとうに。（苦笑）
フサ　あと学校へは、何年お行きるんで……。
大川　もう一年すれば卒業です。それから一年間は幹部候補生、そして三等海尉、昔でいう海軍少尉ですよ。
フサ　そうですか、海軍少尉ですか。うちの達夫も少尉で死にました。お国のために死んだんです。やさしい子でしたのに……。
大川　おしいことをしましたねえ。
フサ　へえ……ほんとうに。あたしはあの子には、やりたいことをやらせてやりました。それが敵の軍艦に体当たりしてしまいました。達夫の乗った飛行機が一番大きな軍艦の真ん中に突っこんだいうて、偉い将校さんが言うてくれました。今でも終戦記念日や開戦記念日のときには、新聞に写真つきで達夫らのことをのせてくれます……。
大川　そうですか……ああ、寒かったらオーバーを頭からかぶりなさいよ。

フサ　へえ……ありがとうございます。ああ、あんたさんの服は昔の服とよう似とりますなあ……達夫もそんな服を着とりました……。

（間）

大川　おばさんの息子さんは、どこで戦死したんですか？

フサ　沖縄です。沖縄の海で死にました。

大川　沖縄……。

フサ　へえ……。沖縄の海です。九州の基地から飛んでいきました……。達夫が特攻隊に行く前に娘と二人で会いに行きましてな、いろいろ話しました。

SE　連絡船の音（FO）

M2　静かに昔にかえる

SE　四月初旬

海軍航空隊基地

OFでハーモニカ、曲は「同期の桜」（BG）

達夫　母さんしばらくだったなあ……。
フサ　達夫、元気でなによりじゃ。
達夫　うん、好子も元気か。
好子　ええ、兄ちゃんこそ。
達夫　伯父さんも叔母さんも皆元気か？
好子　うん、皆元気よ。
達夫　隣の安夫さんらは？
フサ　安夫さんは、南方で戦死したらしい。
達夫　そうか……戦争は一日一日はげしくなるからなあ……。
フサ　達夫、お前の好きなノリ巻作ってきたよ。
好子　はい、これ。
達夫　ありがとう、いただきます。
（食べる）
好子　おいしい？

達夫　うん、うまい……好子は女学校の四年か……。
好子　ええ、でも学校へはめったに行かせん。
達夫　なんでえ。
好子　学徒動員で工場へ行ってる。
達夫　ああ、そうか……こんな時世だもんなあ……。親父はまったくいい時に死んだもんだなあ……戦争がこんなになるとは誰も思ってなかったからなあ……。
フサ　なんを言っとるんじゃ、さあ、もっとおたべ。
達夫　うん、あ、そうそう。となりの洋介君はどうした。
フサ　中学を受けたけど、すべってしもた。今、高等小学校へ通ってる。
好子　兄ちゃんがおったら、勉強おしえてもらうのにって、おばさんが残念がってた。
達夫　そうか、かわいそうになあ……。
フサ　お前はようできたけんのう……。村でも評判じゃ、上の学校へすぐ通ったいうて。

好子　（笑って）母さんこそ、なに言ってる。

SE　ハーモニカ
「夕やけ小やけ」の曲、かすかに聞える

好子　誰が吹いているの？
達夫　宿舎にいる連中だ。
好子　（ハーモニカにあわせて、ハミングで軽く歌う）。
達夫　好子……お前の作った可愛い人形、あれ僕の飛行機の中へ吊るしている。
好子　そう……。
達夫　僕のマスコットだ。それから、母さんに送ってもらった真っ白のマフラー、あれはいつもつけているよ。
フサ　そうかい、そうかい……。
達夫　ああ、きれいだなあ……桜が散っている……。好子、裏山の桜、咲いたかい。
好子　ええ……。六分ぐらいかな？

達夫　そうか……。
フサ　やっぱりこちらはぬくいんじゃなあ、もう散っている……。
達夫　うん、くにと比べるとずいぶん南国だからなあ、こちらは……。
好子　……兄ちゃん、子供の頃よくお花見にいったね、裏山へ……。
達夫　うん、よく行ったなあ……。
フサ　また皆で行こう。

――沈黙――

好子　兄ちゃん、もっと食べてよ。
達夫　ああ、あわてずゆっくり食べるよ、あわてるは帝国軍人の恥。
好子　まあ（笑）。
フサ　達夫、飛行機はおそろしいことないかい？
達夫　なに言ってるんだい母さん、僕はもう一人前のパイロットだぜ。それに、
　　　この時世にそんなこと言うもんじゃあないよ。
フサ　そんでも……。

（間）

達夫　……近いうちに出撃すると思うよ……。

フサ　達夫……。

達夫　母さん……長い間お世話になりました。

好子　兄ちゃん、なぜ……。

達夫　バカ、そんな悲しそうな顔をするな。今、僕たちが日本を救わないで誰が救ってくれる。僕は海軍軍人として、立派にその責任を果たしたい。

フサ　達夫……。

――ハーモニカが静かに聞こえる

SE　連絡船の音（FI～BG）

フサ　……達夫はそれから三日あとに沖縄へ飛んでいきました……。それきりです。それきり達夫は帰ってはこなかったです……。

大川　……そうですか。

フサ　……達夫が死んでから、半年もたたんうちに戦争は終わって、日本は敗けてしもうたんです……。

なあ、自衛隊の学生さん、達夫はなんのために死んだんでしょうなあ。いんや、達夫だけじゃない、軍人さんは、なんのために死んだんでしょうなあ……。達夫らの死は、無駄じゃったんでしょうかな……。

SE　連絡船の音

大川　おばさん、僕にはまだむつかしいことはわかりません。でも達夫さんは、無駄に死んだのではありませんよ。日本を守るためには、誰かがやらなければいけなかったんですからね。達夫さんの気持ちは純粋だったんですよ。

フサ　そうでしょうかなあ……。

大川　今頃になって、特攻隊の連中は正気の沙汰じゃあなかったんだ、バカなことをしたもんだとか、いろいろ言う人がいます。でも歴史は歴史としてのこさなければなりません。達夫さんたちは偉かったんです。ええ立派だったんですよ。ただ、あんな戦争をしたことが悔やまれます。

フサ　へえ……ありがとうございます。

（間）

フサ　あたしゃあ、戦争が終わってから苦労しました。娘と二人で百姓をしましてな……。毎日、芋やかぼちゃやとうきびばあかり食べて暮らしたときもありましたわい……。あんたさんのお家は、高知でなんをされていますの？

大川　百姓ですよ。母と妹が百姓をしているんですよ。

フサ　へえ……そうですか。で、お父さんは？

大川　父は、僕が小学校へ入る前に死にました。

フサ　お気の毒に……それじゃあ、あたしとこと同じですなあ……。

大川　十六年ほど昔の、おばさんの家と同じですよ。

フサ　ほんまによう似とる。達夫は二十一じゃったけん。

大川　ええ、僕も二十一ですよ。

フサ　そらまあ……よう似とる、なにからなにまで……。

大川　おばさんの娘さんというと、今……。
フサ　へえ……あれがもう三十二です。もう子供が三人もおります。
大川　そうですか、いいですねえ……。
フサ　ムコが親切な男でなあ、よう面倒見てくれます……。それでこのごろは、だいぶ楽になりました……。あんたさんとこは大変ですなあ……。
大川　ええ……。
フサ　……うちも達夫が生きておってくれたら、だいぶ違っておったのに……。
大川　おばさん、娘さんのおムコさんがようしてくれるんでしょう?
フサ　へえ……ぜいたくは言われません。

SE　連絡船の音

フサ　……このごろは、婦人会や遺族会の会によう出かけて行きますすんじゃ。偉い先生が来ていろんなことをよう話してくれます。あたしらにはわかるようなわからんような話ですけんどな。
大川　(苦笑)いいことですよ、偉い人の話を聞くということは。

フサ　そうでしょうなあ……。この間も、東京からなんとかいう大学の先生が来て話してくれました。ええ話しよると思うて、あたし、じいっと聞いていたんですが、あとで考えるといやぁな感じがしましてなあ……。
大川　ふうん、どんなお話だったんです？
フサ　へえ……なんとも後味の悪い話でした……。なんでも戦争はしたらいかんという話だったたんですけど……。
大川　それで？
フサ　大東亜戦争のとき、自分は絶対協力しなかった。戦争には絶対協力しちゃあいかん、あの戦争も、国民の皆が戦争は絶対嫌じゃいうて協力しなかったら、もっと早く終わっとったかもしれん。あんなに多くの人が死ななくてもすんだかもしれんと言いなすった……。
大川　ふうん……。
フサ　戦争は、誰じゃて嫌じゃあ、あたしだってもうこりごりじゃあ……。それでもあんなこと言われちゃあ達夫らの霊はうかばれん……。なあ自衛隊の学生さん、もう一度教えておくれなせえや、達夫らは戦争に……。

大川　おばさん、おばさんの息子さんは偉い人だったんですよ。僕はそう思います。戦争はたしかに誰だってしたくないです。二度とやってはいけません。でもすんでしまったことは仕方ないじゃないですか……。なにも達夫さんは戦争が好きだったり、死ぬのが好きだったりしたわけじゃないですよ。

フサ　へえ……そうでしょう、そうでしょうなあ。

大川　生きのこった連中が無責任な放言ばっかりして……。バカバカしいですよ……。

フサ　へえ……。

大川　僕たちだって、なにも戦争が好きで防衛大学へ入ったわけじゃないんですよ。この世の中に戦争の好きな者がどこにおるものか……。僕たちのことを「日本の恥」だなんていった若い小説家がいました。しかし僕は恥だなんて思ってやしない……。僕はこの制服に誇りを持っています。自分は防衛大学生だということを誇りに思っています……。

フサ　へえ……。

（間）

大川　……軍隊は戦争のためにあるんじゃあない。自分の国を守るためにどこの国だって持っているんです……。

フサ　そんでも学生さん、また戦争があったら、あんたら一番に……。

大川　（苦笑）大丈夫ですよ。日本は外国に戦争をしかけたりするようなバカなことはしません……。この間も友達と話したんですよ。間違った戦争には、僕たちは銃を取らないってね……。昔は軍隊だけがバカに強かった、それがいけなかったんだ。でも今はちがう。

フサ　へえ……。

大川　（苦笑）ああ、ずいぶん生意気なことを言ってしまって……。おばさん、オーバーを頭からかぶったらあたたかいよ。

フサ　へえ……。ありがとうございます。

大川　寒いでしょう、かぶりなさいよ。そしてお休みなさいよ。眠いでしょ

フサ　う……。へえ……。そしたら遠慮なくかぶらせてもらいます。すまんことですなあ……。

SE　連絡船

汽笛

M　幻想的に（FI～BG～FO）

達夫　（OF～ON）母さん、母さん。

フサ　えっ！　……

達夫　（はっきりと）母さん、ここですよ。

フサ　あ、お前は。

達夫　なにおどろいているんです。僕ですよ、達夫ですよ。

フサ　タ・ツ・ヲ……お前どうした。

達夫　（笑って）いやだなあ母さん。なぜ、そんなにおどろいているんです。

フサ　ほんでもお前。

達夫　母さんは、僕に会いにきてくれたんでしょう。
フサ　そう、そうじゃったなあ。
達夫　なにか持ってきてくれた？
フサ　ええ、お前の好きなノリ巻持ってきたぞな。
達夫　すげえ、さああけよう……。ああ、うまそうだなあ……。
フサ　（笑う）さあ、お食べ。
達夫　うん。
　……母さん、来るとき大変だったろう。
フサ　ええ、もう人がだいぶおって。
達夫　うん、好子、元気かい？
フサ　ええ、元気、元気。
達夫　母さんも食べなよ。
フサ　うん、お前がだいぶ食べてからでええよ。
達夫　そうかい……でも母さんよく来てくれたなあ。こんなに遠くまで。
フサ　そらもう、お前に会いとうて。

達夫　あとで方々案内しよう。
フサ　そうかい……。
達夫　うん、母さんみたいな田舎者には、びっくりするようなところばっかりだ。
フサ　そうかい……。達夫、お前どうだい、こちらのくらしは……。海軍兵学校じゃない……その防衛学校の。
達夫　いやだなあ、息子の行っている学校ぐらいはおぼえといてくれよ、防衛大学校。
フサ　そうそう、その防衛大学校のくらしは……。
達夫　うん、まあまあだな。
フサ　やっぱり、高等工業へ行った方がよかったんとちがうか?
達夫　まあまあだな……。母さん、この制服よく似合うだろ。あと二年もすれば三等海尉だ。
フサ　……お前も立派な軍人さんじゃなあ……。
達夫　うん……。
フサ　ほんでもお前、軍人は死ななぁいかん。高等工業へ行っとったら死なんで

達夫　すむんとちがうか。
フサ　バカだなあ、母さん。軍人は死ぬると決まってないよ。
達夫　ほんでも死んだらつまらん。なんぼお国のためでも死んだらつまらん。
フサ　僕は死なんよ。日本は戦争なんかしないよ。
……そうかい……ほんでもやっぱり死んじゃいかん。達夫、死んじゃあいかん。
達夫　うん、じゃあ僕ちょっと行ってくる。
フサ　どこへ？
達夫　訓練だよ。
フサ　お前もう行くのかい。ノリ巻がまだのこっているのに。
達夫　ああ、(OF) じゃあ、母さん行ってくる。
フサ　ああ、達夫、達夫、タ・ツ・ヲ……。(OF)

SE　連絡船

大川　おばさん、おばさん。

フサ　えっ、ああ学生さん……。

大川　もうすぐ高松へ着きますよ。

フサ　そうですか……あたしゃあ、うとうとして達夫の夢を見よりました……。

朝ですなあ……こんなに明るうなって……。あ、学生さん、オーバーをどうも……。寒かったでしょう。

大川　いいえ。

フサ　迷惑かけてしもうて……。

大川　おばさん、向こうに屋根の形をした山が見えるでしょう。あれが屋島ですよ。

フサ　へえ……あれが有名な屋島ですか。

SE　連絡船

フサ　……学生さん、死んじゃあいけませんぞ。

大川　えっ？

フサ　戦争して死んじゃあいけませんぞ。

大川　（笑って）大丈夫ですよ、おばさん。

SE　汽笛（BG）

大川　さあ、おばさん、出口の方へ行きましょう……。お昼前には松山へ帰れますね。

フサ　へえ……いろいろお世話になりました。

SE　汽笛（FO）

連絡船

M4　エンディング

ラジオドラマ用語集

フェイド・イン（略 F.I）**fade in**

映画の場合には画面が次第に明るくなって現れてくる方法で、「溶明」と訳されているが、ラジオではフェダーという機械によって音量を次第に大きくしていく方法をいう。イントロダクションに多く使用される。（↓フェイド・アウト）

フェイド・アウト（略 F.O）**fade out**

音量を次第にしぼっていき、ゼロにすることをいう。映画では「溶暗」といって、画面が次第に暗くなって消えていく。フェイド・インと全く反対の技法である。

フェイド・アップ（略 F.U）**fade up**

既に続いて流れている音を次第に大きくする方法。フェイド・インと異なるところは、ファイド・インが全く音のないところから入ってきて次第に大きくなっていくのに対して、このフェイド・アップはすでに流れている音の音量を増すことをいう。（↓フェイド・ダウン）

フェイド・ダウン（略　F.D）**fade down**
フェイド・アップの反対で、すでに続いている音の音量を次第に少なくしていく方法。しかし決して消してしまうということはない。消し去ってしまう方法はフェイド・アウトである。

スニイク・イン（略　S.I）**sneak in**
会話や朗読などの場合に、その背景として音楽を静かに導入し、次第に大きくしていく方法。スニイクという言葉通り、この方法はしのび込むように入ってくる方法で、その点がフェイド・インと異なるところ。フェイド・インよりはもっと緩慢に動く。（↓スニイク・アウト）

スニイク・アウト（略　S.O）**sneak out**
スニイク・インの反対の方法で、バックに流れている音楽などが、ごく静かに小さくなって消えていく手法をいう。テレビでは画面あるいは照明がきわめてゆっくりと、そしていつのまにか消えてゆくことをいう。

クロス・フェイド（略　C.F）**cross fade**
一つの音を絞っていきながら、それと同時にもう一つの他の音を次第に大きくしていく方法。

フェイド・インとフェイド・アウトを同時に行うこと。

セグエ　SEGUE

イタリア語で「連続」という意味。一つの音楽から他の音楽へと移るときに、アナウンスやセリフなどで中断せずに、音楽だけで連続的に行うことをいう。

ブリッジ　BRIDGE

一つの場面から次の場面に転換するときに用いられる音楽や音響効果の方法にはいろいろあるが、これらを総称してブリッジという。普通一般には音楽による方法が最も多く、従ってブリッジという場合には、音楽による場面の転換だけを指すこともある。

サウンド・エフェクト（略 S.E）**sound effect**

音響効果一般を指す。一昔前は「擬音」という言葉が使用されたが、今日では「音響効果」がこれに代わっている。

ビズ　BIZ

複雑な音の効果。二つ以上の音が同時に入ってくることをいう。

オン・マイク（略ON）**on mike**
出演者がマイクロフォンに近づいてくること、または近くにいること。これは放送音に立体感を持たせるために用いられる基本的な技術。（↓オフ・マイク）

オフ・マイク（略OFF）**off mike**
出演者がマイクロフォンから遠ざかること、またはマイクロフォンから離れていること。オン・マイクと並んで基礎的な方法。

フィルター　FILTER
ある周波数の電流だけを選択通過または減衰させることによって、特殊な音を出すマイクをフィルター・マイクロフォンという。これには低域、高域、帯城濾波の各装置があって、いろいろな音が出せる。この方法を使用することを、ドラマでは単にフィルターと呼んでいる。

エコー　ECHO
反響、残響を人工的に起して使用すると効果的な場合が多くある。エコオ・チャンバアを通す場合と、エコオ・マシンと呼ばれる機械装置を使用する場合とがある。法廷の場面、幻想的な場面などにこの効果を利用する。

バック・グラウンド（略 B.G）**back ground**
セリフや筋の運びの背後で演奏される音楽のことで、セリフに色をつけたり強調したりするために使用される。音響効果やセリフが裏に回る場合もあって、これも同じ名称で呼ばれる。

アップ（略 UP）
音楽や音声を次第に上げることをいう。（↓ダウン）

ダウン（略 DOWN）
音楽や音声を次第に下げていくこと。

アウト（略 OUT）
流れている音楽や音声を次第に下げていき、消してしまうこと。

カット・アウト（略 C.O）**cut out**
音楽や音響効果を急に消すこと。（↓カット・イン）

カット・イン（略 C.I）**cut in**
カット・アウトの反対で、急激に音やセリフが入ってくること。
コード（CHORD）
音楽や音響をピリオッドのように短く使用する方法。

「ラジオドラマの話」 内村直也 著 1957年 社会思想研究会出版部

あとがき

一昨年の晩秋、温風機を取りだそうと思い古い物置を整理していると、原稿や台本がどっさり出てきた。以前、かなり整理したがまだ残っていたのだ。紙ごみで捨てるのはなぜか忍びなかった。そのことを飲みながら梅木に話すと、「ドラマ集を作ればいい」と言い出した。冒頭に紹介したとおりである。といっても六十年くらい前のものである。虫がかじったボロボロの台本を修復しても読めるかどうかわからなかった。根気よく時間をかけた結果、数編なんとか読めるようになったが、今度は未熟なセリフが飛び込んでくる。こんな作品をよく電波に乗せてくれたものだ、と恥いったり感謝したりである。梅木は、「自分が歩んできた道だ、何も恥ずかしがることはない」と、励ましてくれた。

雑記「ドラマの周辺」は、この作品集を出すために書いたものである。書きながら青春の甘酸っぱい香りを感じて懐かしい。「亡き友、梅木要」は経営者として愛媛経済同友会で活動中に遭遇した、悲しい出来事だった。彼が無念に思うなら、僕は寄り添おうと思った。一人の人の人生と深く交わることは、自分自身の人生を深く生きることだ、と思っている。

南海放送会長の田中和彦氏が巻頭言を寄せてくれた。ありがとうございました。感謝あるのみです。

表紙の写真は、小西明徳さんから借りた。十一月五・六日、松前総合文化センターで開催された「文化祭」に出品していた作品である。夕日と残照の中で青春の香りを漂わせる風景は、無限の美しさがあった。貸して欲しい、とその場でお願いした。

年をとって、モノを書くことは、意外にエネルギーがいる。息が続かない、思い違いがあるのでは、と気になったり、簡単な漢字が思い出せなかったり、調べものに根気が続かず、そのままになってしまったりする。あれ、これと多くの方に協力を頂き約二年かけて完成した。ありがとうございました。

令和四年十二月

（著者略歴）
戒 田　順（かいだ・じゅん）

1938年　松前町生まれ
会社員・公務員を経て、㈱戒田商事設立、社長、会長
を経て現在顧問

元愛媛経済同友会　副代表幹事・会計幹事
元松前町経済懇話会　代表幹事

著書「あとがきのあと」、放送台本多数

青春の残照は消えず

自選放送ドラマ集

令和5年2月1日　発行

著　者　**戒 田　順**
〒791-1114
愛媛県松山市井門町190-1
株式会社 戒田商事
電話 089-956-2295
E-mail：kaida@kaidaee.com

発　行　愛媛新聞サービスセンター

印刷製本　アマノ印刷

ISBN978-4-86087-167-3